UNO SPORCO NOIR

STORIE OSCURE DI AMORE, TRADIMENTO, OMICIDIO E ALTRO ANCORA

MARTIN MULLIGAN

JACK D. MCLEAN

Traduzione di
CRISTINA BORGOMEO

INDICE

Leggine uno al giorno prima di andare a letto

MESSICO

JACK D. MCLEAN E MARTIN MULLIGAN

CI SPOSAMMO in Messico e mi lasciò sei settimane dopo.

Lo amavo, ero follemente innamorata di lui.

Ma avete bisogno di un contesto per tutto questo.

Studiavo filosofia al Saint Edmund Hall, il più antico college di Oxford, quando ci siamo incontrati, ed avevo dei voti altissimi.

Poi Adam è piombato nella mia vita ed è stato come se un pianoforte mi fosse caduto addosso, "con tutte le sue melodie" - questa fu la sua frase quando condivisi l'immagine con lui.

Era un pilota di rally e un ingegnere, e viaggiava regolarmente con il suo jet privato verso la Guyana francese, dove supervisionava un programma di satelliti per le comunicazioni per una società internazionale con una grande partecipazione del governo francese. Troppi satelliti finivano in mare o esplodevano nella stratosfera. Il suo compito era quello di rimettere tutto in carreggiata. Aveva sviluppato un software specializzato che sosteneva avrebbe rivoluzionato l'industria dei satelliti per le comunicazioni, e che aveva usato con successo per quella missione.

Di bell'aspetto, affascinante e di successo, aveva tutto dalla sua - compresa me, per quelle settimane folli che abbiamo passato insieme.

Poi tutto finì all'improvviso come era iniziato. Non mi disse neanche addio. Lasciò solo un biglietto nella nostra stanza d'albergo. Lo trovai quando tornai da un pomeriggio in piscina.

"Cara Jessica,

Sono stato benissimo con te, ma mi dispiace, il matrimonio non fa per me.

Ti amo ancora. Ma con il più profondo rammarico metto fine alla nostra relazione.

Per favore, non pensare male di me.

Con amore,
Adam. "

Tremai quando lessi quelle parole e mi precipitai verso l'armadio per controllare se i suoi vestiti fossero ancora lì. Non c'erano. Anche i suoi articoli da toeletta erano spariti dal bagno. Quando ebbi stabilito che ogni traccia fisica di lui era sparita, diventai un relitto umano isterico e singhiozzante.

Quando mi ripresi a sufficienza per fare la valigia, prenotai un volo per tornare a casa e feci chiamare dall'hotel un taxi per l'aeroporto. Mentre aspettavo alla reception, mi si avvicinò un americano di mezza età. Era evidentemente ricco - solo il suo orologio doveva costare più di quanto guadagnassi io in un mese. Gli angoli della bocca erano puntati verso il pavimento, come se non riuscissero a resistere alla forza di gravità.

"Tu devi essere Jessica", disse.

"E se lo fossi? A te cosa importa?". Non ero in vena di socializzare.

"Tuo marito è appena scappato con mia moglie".

Mi mostrò la foto di una giovane donna mozzafiato di almeno vent'anni più giovane di lui.

Così, pensai tra me e me, il biglietto di Adam era una bugia. Non è che il matrimonio non facesse per lui. Aveva trovato un'altra e non era riuscito a tenere il cazzo nei pantaloni. era così semplice.

Il taxi arrivò proprio mentre stavo alzando lo sguardo dalla foto della donna con cui mio marito era scappato, risparmiandomi il calvario di un'ulteriore interazione con il marito arrabbiato.

"Mi dispiace, devo andare".

Afferrando le valigie, uscii con quel poco di dignità che ancora restava.

Per molto tempo dopo fui un fascio di nervi. Avevo rinunciato a tutto per stare con Adam. Il futuro che avevo progettato per me - per entrambi - mi era stato crudelmente strappato via.

La realtà era così difficile da affrontare che andai da un medico che mi prescrisse delle pillole per aiutarmi ad affrontare la situazione. Erano ancora più efficaci se prese con abbondanti quantità di alcol.

Di tanto in tanto, leggevo articoli su come l'impero commerciale di Adam stesse crescendo o vedevo una foto su Instagram di lui con una o l'altra delle sue tante splendide ragazze. La vista di lui che si godeva la compagnia di così tante partner nubili era per me la tortura più atroce.

Più pillole e alcol.

In seguito al mio esaurimento nervoso non fui in grado di avere una relazione per molto tempo. Quando alla fine ricominciai a frequentare qualcuno, con mia grande sorpresa, fu una donna a rubarmi il cuore. Forse ero sempre stata lesbica; o forse era una reazione all'essere stata tradita così brutalmente da un uomo.

Alla fine, con l'aiuto della mia nuova compagna, uscii dalla mia nebbia alcolica e alimentata dalle pillole, mi rialzai da terra e ricominciai a pensare lucidamente.

Una semplice equazione prese forma nella mia mente: mi aveva portato via il futuro. Era in debito con me.

Avrei potuto avere una carriera brillante se non fosse stato per Adam. Per colpa sua avevo abbandonato la mia laurea che sarebbe stata la chiave di tutto, e in più avevo passato due anni in uno stato di oblio a causa del suo tradimento.

Era il momento della vendetta. Adam era estremamente ricco. Aveva ereditato un sacco di soldi, e in più era un gran lavoratore. Poteva permettersi di risarcirmi per i torti che mi aveva fatto. Alla grande.

Consultai un avvocato e lo assunsi per organizzare il mio divorzio e assicurarmi una grossa liquidazione.

Fu allora che appresi quanto Adam fosse stato veramente subdolo.

I tipi ricchi come lui spesso insistono su accordi prematrimoniali per proteggere le loro fortune. Lui non l'aveva fatto. Però mi aveva sposato con una cerimonia che non era legalmente riconosciuta da nessuna parte se non nel remoto villaggio messicano dove aveva avuto luogo.

Aveva ovviamente pianificato tutto, pensando che se qualcun altro gli avesse fatto girare la testa ad un certo punto avrebbe potuto liberarsi della nostra relazione con la stessa facilità con cui ci si era infilato.

E quel bastardo traditore mi aveva lasciato a bocca asciutta. Mi aveva rovinato la vita.

Non so neanche come, riuscii a prendere una qualifica in informatica e faticosamente, dopo qualche anno, diventai esperta di sicurezza informatica per una società con sede a Los Angeles, anche se continuavo a vivere in Inghilterra.

È stato otto anni dopo che io e Adam ci eravamo separati che mi trovai in Messico - quel posto mi suscitava brutti per me, ma questo non mi impedì di andarci - nello stesso momento in cui c'era lui. Io ero in viaggio d'affari e lui era lì perché, beh, perché era Adam.

Io vidi lui, ma lui non vide me. Fui tentata di presentarmi, ma non lo feci. Mantenni le distanze. Entrò in un hotel e io lo seguii con discrezione, osservandolo mentre ordinava un drink al bar. Sapevo che sarebbe andato lì. Era il suo ritrovo preferito. Il posto era poco illuminato, con tappeti spessi e pareti di marmo, e si rivolgeva alla più volgare delle élite ricche. Gli Adam di questo mondo.

Mi nascosi in un angolo buio. Un cameriere arrivò da me e ordinai un Martini Dry a voce bassa.

Adam prese il suo drink al bancone, un gin tonic. C'era una ragazza su uno sgabello a circa un metro da lui che sorseggiava un cocktail esotico. Indossava magnificamente un vestito di seta bianca aderente, i capelli neri ricadevano sulle spalle color miele. Guardò verso Adam e gli fece un timido sorriso. Un evidente invito.

Sapevo per dolorosa esperienza personale che raramente Adam esitava quando gli veniva rivolto un simile sorriso.

Subito iniziò una conversazione con la ragazza. Bevvero un paio di drink insieme e se ne andarono. Non li seguii, supponendo che fossero usciti e che più tardi sarebbero andati nella sua suite. O forse sarebbero andati direttamente lì.

Finii il mio drink e tornai in hotel.

La sera seguente il mio viaggio d'affari finì e presi un volo per tornare a casa. Dopo l'atterraggio a Heathrow presi il treno diretto al centro di Londra e andai in una stanza che avevo affittato all'hotel Double Tree. Ero lì da non più di cinque minuti quando bussarono alla porta.

"Avanti", dissi.

Entrò una giovane donna mozzafiato. La ragazza con cui avevo visto Adam in Messico. La mia compagna. Aveva accettato di sacrificare alcuni dei suoi principi per me. Il suo aiuto mi aveva permesso di accedere al portatile di Adam abbastanza a lungo da estrarre informazioni vitali sulle sue società e sulle sue finanze.

I suoi conti bancari fecero una cospicua iniezione immediata al mio saldo, attraverso una dubbia traccia mondiale di transazioni che avrebbe depistato qualsiasi indagine.

Inoltre, sto vendendo i suoi segreti commerciali attraverso il dark web – tutto lascia presagire che avranno un prezzo molto alto.

Povero vecchio Adam. Non credo di avergli lasciato abbastanza soldi nemmeno per pagare un volo di ritorno a casa. Dovrà racimolare un po' di denaro vendendo le azioni delle sue società.

Ma è meglio che lo faccia in fretta – scenderanno di valore più velocemente della Bolla della South Sea Company quando si saprà che tutti i concorrenti conoscono i suoi segreti commerciali.

Sto progettando una vacanza con la mia splendida compagna. Una luna di miele. Ci siamo appena sposate in grande stile. Forse andremo in Messico e staremo in un bell'hotel costoso.

Fine

LA PICCOLA QUESTIONE DI UN OMICIDIO

MARTIN MULLIGAN

NON TI ASPETTI di innamorarti della nana che ti ingaggia per uccidere suo marito.

Indossava tacchi alti giallo narciso la prima volta che ci siamo incontrati in un Frankie & Benny's alla periferia di una squallida località balneare del nord in pieno inverno. Fuori, un vento gelido ululava nella stazione degli autobus vuota. Il buio lungomare deserto a solo mezzo miglio di distanza era stato spazzato via da ogni detrito umano dal vento che sferzava il mare d'Irlanda e attraversava la spiaggia.

Era lì per aggiornarmi. Bevvi un sorso della mia Coca Cola Light mentre nel mio piatto giocherellavo con un anello di cipolla fritto e ascoltavo Jadwiga la Nana Detonante (il suo nome d'arte). Era una star del Circo Dart. La sua bella testa dai capelli ricci e il mento pronunciato erano appena sopra il livello del piano del tavolo di formica del tavolino appartato rivestito di pelle rossa nell'accogliente penombra del tranquillo ristorante.

Potrei raccontarvi l'effetto che la sua voce stridula e acuta aveva su di me. O il fascino del suo piccolo broncio. O il modo in cui batteva sul tavolo con le lacrime che le scorrevano sulle guance mentre descriveva l'inferno della sua vita domestica. Ma sarà meglio e più semplice se riassumo e vado al sodo.

Jadwiga era un'artista molto ben retribuita, con la sua roulotte e il suo staff al circo. Lavorava solo tre mesi all'anno: ecco quanto era ben remunerata. Il suo matrimonio di tre anni con un collega nano chiamato Heathcliff (un altro nome d'arte) era andato di male in peggio dopo la luna di miele.

Heathcliff era un clown nano specializzato in trapezismo e acrobatica aerea e guidava l'auto esplosiva che era il numero finaledei clown. Col suo metro e trentaquattro era di bene quindici centimetri più alto di Jadwiga e usava la sua mole senza pietà, fino a quando lei si fece aiutare per cacciarlo dalla sua roulotte. Ora viveva in un'altra, meno ben arredata, vicino ai maiali siamesi panciuti, altre star dello spettacolo. Era uno psicopatico violento e crudele. Ma proseguiamo.

Avevo due compiti qui da Frankie & Benny's. Primo, tenere sotto controllo i miei sentimenti in modo che la mia crescente infatuazione per Jadwiga non offuscasse il mio giudizio professionale. E secondo, progettare ed eseguire un piano per uccidere un nano irascibile in un modo che non avrebbe permesso ai testimoni di risalire a me e Jadwiga. Dovevamo anche concordare un compenso, anche se questo era al terzo posto tra le mie priorità. L'intera faccenda cominciò ad assumere un carattere ossessivo.

———

Chiamatemi Zack. Probabilmente dovrei dirvi qualcosa di più su di me. Mi procuro tutto il lavoro come sicario attraverso il dark web. I miei clienti sono sempre scioccati la prima volta che mi vedono, anche se le liberatorie e le spiegazioni sono tutte lì sul mio sito web con le mie credenziali. In qualche modo niente di tutto ciò sembra fare la differenza. Ogni volta rimangono a bocca aperta. Sgranano gli occhi per la sorpresa. Un sorrisino represso, a volte. O la mascella cade loroimprovvisamente a terra. Poco male.

Il mio quoziente intellettivo è di circa 200, che è il punteggio che mi hanno attribuito prima che vedessi l'aspetto negativo di tutta la faccenda del profiling e imparassi a falsificare il test per ottenerne uno più basso. Ho quasi 11 anni ora che sto scrivendo. Non vedo l'ora di raggiungere la pubertà, ne ho sentito parlare molto bene.

Vivo a casa con mia madre. Il tizio che si fa chiamare mio padre è via per gran parte della settimana a Londra, a lavorare per una società globale di blue-chip di cui tutti hanno sentito parlare. Non importa.

Mi sta bene da quando mi sono procurato l'ordine di esclusione temporanea da quella scuola di merda con tutti quei cretini e la preside ancora più stupida. Mamma è incollata allo schermo durante il giorno o è fuori ad una delle sue colazioni di lavoro o a Pilates o a fare networking per la sua attività di interior design. Questo stile di vita è la copertura perfetta per me e la mia attività.

———

Il nano Heathcliff non sarebbe stato un avversario facile da uccidere, l'ho capito subito.

Per cominciare, era terribilmente forte. Parte del suo spettacolo consisteva nel lanciare campane da 25 kg come se fossero pesi piuma. Il pubblico rimaneva sempre a bocca aperta. Ne prendeva una con una presa a tenaglia e la sollevava sopra la testa con una sola mano. Si sarebbe potuto pensare che fosse un falso di cartapesta. Ma in realtà era vera.

Essere un bambino è spesso una risorsa fantastica nel mio lavoro. E tale si dimostrò quella volta.

Nessuno si fa un'idea sbagliata di un ragazzino in calzoni corti che si aggira fuori al circo, nel tendone o anche vicino ai camion dei generatori. Presi la precauzione di indossare un berretto scolastico e di sgranocchiare (probabilmente in modo ridondante) un'enorme nuvola di zucchero filato per nascondere parte della mia faccia per la maggior parte del tempo. In questo modo, riuscii a effettuare una ricognizione praticamente perfetta durante uno spettacolo mattutino al Dart's Circus.

Notai che ci sarebbe stato un intervallo dopo che Heathcliff fosse schizzato fuori dall'auto che esplodeva al centro del ring, una volta che le ruote e le portiere fossero volate via, e prima che raggiungesse le tende in fondo al tendone. Avrei avuto una chiara visuale su di lui, se solo avessi potuto avere il posto in fondo al corridoio. I pennacchi di fumo bianco provenienti dalla sua auto da clown avrebbero potuto anche essere utili per quello che avevo in mente. Ci sarebbero state altre persone intorno a me, senza dubbio, perché il Dart's Circus faceva sempre il tutto esaurito e i biglietti andavano a ruba. Ma ero sicuro che avrei trovato un modo per aggirare la cosa quando sarebbe arrivato il momento.

———

Usai un rasoio personalizzato e delle cesoie per tagliare un'unica fessura grande quanto uno studentello, sufficiente da permettermi di entrare e uscire dal Big Top. Tornai dopo il tramonto per farlo e andò abbastanza bene anche se i cani che abbaiavano intorno alla vicina roulotte mi davano fastidio all'inizio. Ma nessuno venne a indagare.

Il lavoro richiese un po' più tempo del previsto. Pioveva e

l'aria fredda e umida sulle mie mani intorpidite mi rallentò con il rasoio e le forbici. Usai cerotti di plastica trasparente per tenere in posizione le cuciture appena tagliate. Bisognava cercare appositamente il taglio per vederlo quando avevo finito.

La cosa peggiore è che la mamma mi aspettava quando sono tornato a casa e ha fatto uno dei suoi commenti sulla mia assenza di un paio d'ore (è tornata inaspettatamente presto da una delle sue serate del club del libro con i suoi amici).

Ho dovuto inventare una storia del cazzo su due piedi sul controllare il progetto scientifico di conservazione delle precipitazioni nel bosco non lontano da casa nostra. Alla fine ha smesso di urlare e gridare "Zack! Zack!", scegliendo di accettare le mie stronzate e forse parzialmente persuasa dal fatto che ero ancora bagnato fradicio nella mia gabardina scolastica. Grazie a Dio non ha controllato il mio zaino con l'attrezzatura da taglio ancora dentro. E la balestra Anglo Arms Gecko, un'arma moderna e leggera che sviluppa quaranta chili di energia per un dardo che viaggia a 90 metri al secondo.

———

Tengo sempre un registro dei lavori e non ne ho mai avuto più bisogno di adesso. Non credo che loro - i poliziotti - possano rintracciarmi. Ma è l'unica cosa buona. Devo scrivere tutto qui, una specie di "Caro Diario" altrimenti impazzirò, so che lo farò. Oh mio Dio, perché mai ho accettato? Oh mia povera Jadwiga. Mi dispiace tanto amore mio.

———

All'inizio tutto è andato bene. I posti in fondo erano occupati da un gruppo di circa sei ragazzini e le loro due badanti adolescenti. Le ragazze ridacchiavano e chiacchieravano tutto il tempo e controllavano i loro telefoni in un'orgia di distrazione. Due persone meno propense a notare le cose o a fungere da testimoni affidabili sarebbero state difficili da trovare. Ho anche avuto il tempo di togliere i cerotti trasparenti per facilitare la fuga discreta, sarebbe stato semplice scivolare fuori dalla tenda nella confusione.

Heathcliff era al suo meglio demoniaco durante il suo numero, mentre scagliava quei pesi in giro. Poi nel finale le ruote e le portiere volarono via dalla macchina. Lui muggì e saltò fuori dal veicolo che esplodeva sulla segatura, sbattendo energicamente le sue pinne allungate da clown. Si diresse verso il retro della tenda agitando le braccia come se fosse accecato dal fumo.

Al riparo della finta borsa in grembo, appositamente adattata allo scopo, stabilizzai la balestra nascosta con il suo dardo per il colpo singolo. La linea di mira era ideale, mi ero esercitato alla perfezione.

Ci fu un movimento velocissimo che sfrecciò davanti a Heathcliff, qualcosa che non era successo alla matinée delle prove. Troppo tardi per interrompere l'azione. Heathcliff girò improvvisamente la testa e vide Jadwiga su un monociclo che gli passava davanti correndo verso il centro della pista del circo. Il dardo gli sibilò così vicino che gli intaccò il pomo d'Adamo. I suoi occhi si allarmarono in modo inquietante. Il dardo lo superò e si conficcò fino alle piume della coda nel fianco di Jadwiga proprio sotto il suo seno sinistro, trafiggendole il cuore.

La tenda divenne silenziosa. Poi cominciarono le urla.

MIGUEL

JACK D MCLEAN

LUI STAVA in piedi accanto alla sua macchina e mi guardava. Senza volto a quella distanza, con il calore che trasformava l'autostrada in un fiume scintillante, l'aria rovente del deserto che offuscava lui e il suo veicolo in un unico oggetto scintillante.

Noi due eravamo le uniche persone nei dintorni per cinquanta miglia o più.

Ogni volta che sono solo con qualcuno, mi chiedo se questo potrebbe rappresentare un'opportunità. Mentre mi avvicinavo a lui ho capito che probabilmente lo era.

La sua macchina, una Trans-Am blu, era parcheggiata nella polvere su un lato dell'autostrada.

Immaginai che fosse in panne. Avvicinandomi vidi che sembrava messicano, come me, il che non era sorprendente, visto che ero da quella parte del confine, avendo lasciato di recente i buoni vecchi Stati Uniti con una certa fretta.

A causa di una rapina andata male ero in fuga. Non avevo piani, ma almeno me ne ero andato con abbastanza soldi per pagare qualsiasi cosa mi servisse per i prossimi mesi.

Agitò le braccia in aria nel segnale universalmente riconosciuto che si vuole attenzione. L'aveva ottenuta. Misi il piede sul freno per rallentare e lui abbassò le braccia, spostandosi di lato.

All'ultimo momento premetti a fondo il piede sul gas, sterzai il volante e accelerai direttamente verso di lui.

Cercò di scappare ma il suo stesso veicolo si mise in mezzo. Gli diedi un forte colpo e lui cadde nel fango. Con le nuvole di polvere che si alzavano per le ruote della mia auto che giravano velocemente, misi la retromarcia e gli schiacciai il torace. Dubitavo fosse ancora vivo, ma lo investii un altro paio di volte per essere sicuro. Una di queste volte gli passai sopra la faccia con una ruota anteriore.

Mi fermai e controllai la sua macchina. La chiave era nell'accensione. Quando la girai si accese la luce che mi diceva che il serbatoio della benzina era vuoto. Era probabile che non ci fosse niente che non andasse nell'auto. Aveva solo bisogno di un pieno.

Aprii la *cajuela*, tolsi la mia valigia di attrezzi da ladro d'auto e tirai fuori il dispositivo che uso per sifonare la benzina. Poi travasai circa un litro dalla mia auto e lo misi nella sua. Quando provai di nuovo l'accensione, il motore prese vita.

Convinto di poter utilizzare la sua macchina, misi il resto della mia benzina nel suo serbatoio e gli svuotai le tasche. Aveva un portafoglio con dentro la sua patente di guida. Si chiamava Miguel Hernandez e non era messicano. Era americano come me, e latino come me. Scambiai il suo portafoglio con il mio, le mie chiavi con le sue. Poi svuotai la mia macchina e misi il contenuto nella sua, e viceversa, e andai via, lasciando il suo cadavere accanto alla mia macchina.

C'era la possibilità che lo trovassero, con la faccia ridotta in poltiglia, e che la polizia messicana guardasse la sua carta d'identità e pensasse che ero io. I poliziotti texani non avrebbero fatto domande. Sarebbero solo stati grati che un altro criminale fosse stato ucciso e che un altro caso potesse essere chiuso.

Così salii sulla mia nuova Trans-Am sentendomi abbastanza bene. Poi mi venne in mente che avrebbe potuto avere più roba da rubare. Guardai nel suo portafogli, trovai il suo indirizzo e decisi di controllare il posto.

Significava dirigersi verso nord, tornando indietro per la strada che avevo percorso sulla Highway 150D, verso Città del Messico. Digitai "Go Home" sul suo GPS e seguii l'auto virtuale sullo schermo, girando alla fine nella tranquilla strada del sobborgo di lusso dove viveva. Quando arrivai era già buio, e il limpido cielo notturno era di un blu inchiostro punteggiato di stelle.

Era una bella strada larga con grandi case unifamiliari in fila, tutte bianche con tetti di tegole rosse, grandi finestre e porte d'ingresso imponenti. Guidai dritto fino alla sua, girando nel vialetto e parcheggiando con sicurezza. Guidando la sua macchina con il mio aspetto, di notte, era probabile che chiunque guardasse fuori dalla finestra mi avrebbe preso per lui.

Era ovvio che aveva i soldi e speravo che alcuni di essi fossero in casa, o qualcos'altro che valesse la pena di rubare.

C'era qualcuno?

Non c'erano luci accese sul davanti della casa. Sentii il rassicurante rigonfiamento della mia pistola nella fondina da spalla e quando mi convinsi che era ancora lì, scesi dall'auto come se fossi il proprietario del posto e andai dritto alla porta. Poi tirai fuori le chiavi che avevo preso da lui e ne provai un paio nella serratura. La seconda funzionò e spinsi la porta ad aprirsi il più silenziosamente possibile, poi la richiusi delicatamente dietro di me.

Accesi le luci. Pensai che fosse quello che avrebbe fatto Miguel e volevo che i suoi vicini pensassero che fossi lui.

La prima cosa che feci fu tirare le tende tenendo la testa bassa in modo che se qualcuno mi avesse guardato attraverso la finestra, avrebbe visto solo i miei capelli che erano neri, come i suoi. Dopodiché ispezionai l'ingresso. Niente di interessante. Ma era una casa grande con alcune stanze al piano di sotto. Le controllai tutte. Erano arredate in modo costoso, ma niente mi sembrava abbastanza piccolo e prezioso da valere la pena di essere messo nella mia macchina.

Così andai di sopra. Pensai che era lì che i soldi potevano essere nascosti, se ce n'erano. Di sicuro c'era una cassaforte che non potevo aprire. E un mucchio di computer in camera da letto - come ci si aspetta da qualcuno che gioca in borsa. O da chi ricicla denaro.

Un cassetto di una toletta conteneva un paio di rotoli di banconote da cinquanta dollari legate da elastici. Trovarono una nuova casa nelle tasche laterali della mia giacca. Era ora di andarsene, di smettere finché ero in vantaggio. Così uscii con disinvoltura, come se non avessi fretta, salii in macchina e scivolai fino alla fine della strada.

Una volta girato l'angolo, misi il piede sull'acceleratore e partii a razzo.

Ben presto Città del Messico era alle mie spalle e mi stavo dirigendo a sud verso Acapulco sull'autostrada 95D. Sembrava una destinazione buona come qualsiasi altra nelle mie attuali circostanze.

L'albergo in cui avevo prenotato era buono ma non esagerato, perché non volevo attirare molta attenzione su di me, soprattutto perché avevo pagato la stanza con la carta di credito di Miguel. Portai lì le mie poche cose, feci una doccia, poi uscii per comprare alcuni oggetti di cui avevo urgente bisogno - vestiti, una valigia e così via, perché, lasciando la città come avevo fatto, non c'era stato tempo per fare i bagagli. Quando tornai nella mia stanza, la porta si chiuse dietro di me, senza che fossi io a chiuderla.

Mi girai e allo stesso tempo presi la pistola. Vidi due uomini dietro la porta. Uno di loro mi colpì alla testa con un manganello. Cercai di fare un passo indietro, di creare uno spazio per difendermi, ma lui era troppo veloce per me, e la luce si spense.

Non ero incosciente, anche se avrei potuto esserlo perché avevo un mal di testa lancinante e non riuscivo fare altro che rotolarmi sul pavimento gemendo.

Quando mi alzai in piedi non fu di mia iniziativa. Il comitato di benvenuto mi aveva tolto la pistola e mi aveva trascinato in piedi. Mi portarono giù per una scala posteriore fino a una macchina parcheggiata, mi ci spinsero dentro e partirono verso una destinazione sconosciuta.

Era una baracca di legno nel deserto.

Mi trascinarono fuori dalla macchina, mi fecero entrare e mi legarono a una sedia di legno.

A quel punto ero quasi in grado di parlare.

"Di cosa si tratta?"

Uno di loro, un bastardo messicano dall'aspetto sadico con i denti marci, la faccia magra e i capelli unti, disse:

"Sai di cosa si tratta, amigo. Ci ha mandato Juan Carlos. Non è molto contento, come sai".

"Juan Carlos?"

"Il tuo datore di lavoro. L'uomo per cui dovresti riciclare il denaro. Ti ricordi di lui?"

"Cosa? No. C'è stato un errore".

"Non c'è nessun errore amigo, tranne quello che hai fatto tu. È stato un errore molto grande prendere i soldi da Juan Carlos e pensare di poterla fare franca. Ora deve fare di te un esempio per assicurarsi che nessun altro faccia un errore simile".

"Aspetta, aspetta. Non sono l'uomo che pensi che io sia!"

Rise.

"Hai sentito questo Rafael? Non è chi pensiamo che sia".

Entrambi gli uomini risero.

"Non sfuggirai al tuo destino, Miguel, non importa quanto siano intelligenti le tue scuse".

"Ma io non sono Miguel".

"Oh, Rafael, è intelligente, eh? Ma si è dimenticato che porta la carta d'identità nella giacca".

"Non sono davvero Miguel".

Scosse la testa.

"Non importa chi sei. Il tuo destino è segnato. È segnato che tu ci dica o meno cosa hai fatto con i soldi. Ma puoi rendere le cose migliori per te stesso dicendoci tutto. La tua morte può essere lenta e molto dolorosa, o rapida. Se ci dici quello che vogliamo sapere sarà veloce. Se non lo fai..." scosse la testa. Poi tirò indietro il pugno e mi diede un pugno in faccia. Con forza.

Mi colse di sorpresa. La mia testa scattò all'indietro e un fiotto di sangue mi volò dalla bocca.

"Questo è dolore, Miguel", disse. "Ed è solo l'inizio".

Il suo cellulare suonò. Se lo mise all'orecchio.

"Sì? Sì? Tutto a posto. Stiamo arrivando".

Rimise il cellulare in tasca.

"Dobbiamo andare ora, Miguel. Torneremo. Non andare da nessuna parte".

Entrambi risero e poi uscirono dalla porta.

Non so quando torneranno.

Fottuto Miguel.

Perché mi ha fatto questo?

Fine

SUPERARE JEN

JACK D MCLEAN

Jake_C_T Ryan@googlemail.com
08/03/2017
A: Deborah..Shine@hotmail.co.uk

Ciao Deborah,

Come stai?

Ho visto il tuo profilo Facebook e sono rimasto molto colpito.

Mi chiamo Jake Ryan e sono un marine delle forze armate americane. Ho servito in varie parti del mondo e faccio il lavoro di mantenimento della pace a Kabul, in Afghanistan.

In questo momento sono in licenza in Inghilterra, nella tua città natale - Huddersfield e mi chiedevo se potevamo incontrarci?

Abbiamo molto in comune e il tuo profilo dice che ti piacerebbe incontrare un militare.

Se vuoi sapere qualcosa di me, sono un tipo affidabile che non ti deluderebbe mai.

Sono stato nei marines per quasi 27 anni, e andrò in pensione molto presto.

Quando andrò in pensione inizierò una nuova vita da civile e sarebbe fantastico se potessi iniziarla con una donna come te.

Dici che ti piace il curry. Il mio cibo preferito è il curry e ho un debole per le vostre birre artigianali inglesi.

Ho allegato un paio di mie foto. Spero che ti piaccia quello che vedi.

Vuoi raccontarmi qualcosa di te?

Grazie mille, non vedo l'ora di ricevere la tua risposta.

I miei più cordiali saluti
Jake

———

Deborah..Shine@hotmail.co.uk
08/03/2017
A: Jake_C_T Ryan@googlemail.com

Caro Jake,

Grazie per la tua deliziosa e-mail. Non so dirti quanto sia stata entusiasta di riceverla. Ad essere onesta con te, ho passato un periodo difficile ultimamente perché un mio caro amico è morto, e il tuo messaggio mi ha davvero dato una spinta.

Certo che mi piacerebbe conoscerti.

Ecco un fatto interessante su di me: anch'io ho un debole per le birre artigianali, specialmente le pale ale. Eccone un altro: sono libera di incontrarti durante il giorno, il che sarebbe perfetto visto che sei in licenza.

Visto che ti piace il curry, che ne dici se cucino per te? Potrei venire da te con gli ingredienti e tu potresti prendere delle birre artigianali da bere.

Domani andrebbe bene per me. Potrei passare da te verso, diciamo, mezzogiorno e passare un'ora a cucinare per te. Poi potremmo mangiare, chiacchierare e conoscerci.

Che ne dici?

E se ci stai, qual è il tuo indirizzo?

Saluti,
Deborah

———

Jake_C_T Ryan@googlemail.com
08/03/2017
A: Deborah..Shine@hotmail.co.uk

Ciao Deborah,

Grazie per avermi risposto così rapidamente.

Sarebbe fantastico!

Alloggio nell'appartamento 5 della Meridian House in St George's Square.

Ci vediamo domani a mezzogiorno!

Avrò delle birre in fresco nel frigo!!!

Cordiali saluti e grazie mille – mi hai migliorato la giornata!

Jake

––––––

Jake_C_T Ryan@googlemail.com
14/03/2017
A: Deborah..Shine@hotmail.co.uk

Ciao Deborah,

Purtroppo non potremo incontrarci oggi. Sembra che mi stia venendo l'influenza. Mi metterò in contatto non appena mi sentirò meglio.

Con amore,
Jake

––––––

Deborah..Shine@hotmail.co.uk

14/03/2017
A: Jake_C_T Ryan@googlemail.com

Caro Jake,

Mi dispiace per la tua influenza.

E grazie per il meraviglioso pomeriggio! Mi è piaciuto molto conoscerti.

Ho promesso che ti avrei portato dei soldi, ma non mi prenderò il disturbo. Non avrebbe senso. Ti spiego perché.

Ti spiegherò anche perché non ho voluto fare sesso con te. Ti ho detto che avevo il ciclo, ma francamente era una bugia.

Deborah Shine non è il mio vero nome. Questo non è il mio vero provider di posta elettronica. E l'indirizzo IP che sto usando non è in alcun modo collegabile a me.

La mia cara amica Jen (non è il suo vero nome) è stata tradita da un uomo come te. Si è suicidata.

Da allora, la mia missione personale è quella di rendere il mondo un posto più sicuro per le donne, eliminando la vostra specie dalla superficie del pianeta.

Non hai l'influenza.

Hai mangiato una porzione abbondante di Tallio.

Mi dispiace per la morte brutale che ti coglierà presto.

Sinceramente tua,
Deborah

Fine

24

IL RATTO GIGANTE DI SUMATRA
E ZACK

MARTIN MULLIGAN

IL RATTO GIGANTE DI SUMATRA: questo era il suo nome nell'ambiente. Un nome pronunciato in un sussurro spaventato. Una figura mitica che lasciava membra vive, ancora contratte e pulsanti di sangue, sui luoghi delle sue uccisioni. (Uccideva con un'ascia). Metà indonesiano, metà russo, si diceva che fosse alto più di due metri e che arrivasse a pesare centotrenta chili. Una volta raddrizzò un attizzatoio piegato a mani nude di fronte agli ospiti davanti al camino acceso di un rifugio alpino a cinque stelle (l' oligarca russo loro ospite fu trovato senza testa nel letto la mattina dopo).

Il ratto gigante di Sumatra, in breve, non era il tipo di persona che vorresti incrociare - figuriamoci dover cercare di "eliminare". Ma ormai era abbastanza chiaro che si trattava di lui o di me. E io sono solo uno studente, per l'amor di Dio, dovrei essere in giro a collezionare Pokemon!

Torniamo un po' indietro per mettere questa cosa in prospettiva. Chi, vi chiederete, vorrebbe uccidere un ragazzino di dodici anni dai capelli rossi, lentigginoso e occhialuto, che per caso ha un'identità part-time da freelance che lavora da casa?

Un sacco di gente, in realtà, se quel ragazzo è un genio prepuberale (con un QI superiore a 200) specializzato in omicidi confidenziali che hanno un prezzo elevato. Anche con una rete internazionale e un conto offshore alle Cayman. Lo so, lo so. Tutte quelle battute sui bimbi-prodigio, sullo scolaretto precoce in un ambiente di periferia. È ancora più divertente quando si scopre che, anche se vive a casa con sua madre, era in convalescenza dopo aver avuto il cuore spezzato da una nana del circo. (Ma questa è un'altra storia).

Tutto è iniziato con un'e-mail che ho fatto l'errore di aprire invece di mandare direttamente nel cestino. Ma ricevo la maggior parte degli ingaggi in questo modo; quindi, a volte non ho altra scelta che ignorare il mio istinto. In ogni caso. Il mittente voleva sapere se potevo trovare una fonte di Mercurio Rosso. Il compenso promesso era colossale. Doveva esserlo. Il mercurio rosso è il gergo della malavita per il combustibile delle centrali nucleari dismesse. Non ha applicazioni pacifiche e nemmeno innocue. Avrei dovuto cestinare l'e-mail una seconda volta quando ho visto quella frase. Ma non l'ho fatto.

Così mi sono trovato improvvisamente immerso fino al collo in un classico dilemma da crime-story. Come potenziale vittima, questo non ha fatto nulla per consolarmi. Avevo seguito una pista di lavoro che avrei dovuto cancellare all'istante. Ora sapevo troppo ed ero troppo coinvolto per uscirne senza gravi conseguenze. Conseguenze fatali, in effetti. Fatali, cioè, per me.

I punti salienti, quindi: avevo ancora il cuore spezzato dopo Jadwiga; ero così occupato con la mia carriera criminale che aveva influenzato il mio giudizio, e ora mi trovavo in una situazione più grande di me con un'organizzazione terroristica cecena di cui nessun altro sapeva l'esistenza. Non mi piaceva pensare a quello che intendevano fare con il Mercurio Rosso, se ne fossero entrati in possesso. Ma la questione era accademica. La mia energia era concentrata nel tirarmi fuori da questo casino atomico vivo e tutto intero. Non è una cosa semplice quando ti capita di andare contro il più temuto predatore da agguato del settore. Naturalmente, ad aspettare dietro le quinte, c'era anche la mia complessa vita domestica e scolastica. Ma ci arriveremo.

———

La notizia che il ratto gigante di Sumatra stava venendo ad uccidermi è trapelata per caso. È stato solo un caso fortuito che l'abbia saputo, prima di finire come le sue innumerevoli altre vittime, solo un'altra mosca spiaccicata sul parabrezza di un camion in corsa.

È successo così. Un informatore alcolizzato che si è trasformato in un superlatitante (Stoyan Stoyanovich era il suo pseudonimo, l'avevo usato una volta per un lavoro a Sofia) mi ha chiamato da una cantina da qualche parte nei Balcani. Abbiamo parlato solo per circa novanta secondi, ma mi tremava la mano quando ho rimesso il cellulare in tasca. Era così, dunque. Avevano dato al ratto gigante di Sumatra i miei "contatti". Gli avevano persino versato in anticipo i soldi per l'incarico.

Per darvi un'idea del perché mi tremavano le mani, ecco una delle storie in circolazione sul Ratto Gigante. È il genere di cose di cui la gente nel mio settore spettegola a volte durante un drink a tarda notte nella hall di un hotel a Manila o in un bar di Chicago.

Quando era ancora un novellino, al giovane e sbarbato Ratto Gigante di Sumatra fu dato un ruolo di supporto in un colpo al capo di un ristorante di Little Italy a Manhattan. Doveva fare da palo e da autista per la fuga. Ma una soffiata fece sì che il capo e la sua gente si aspettassero i sicari quando irruppero nell'affollato ristorante all'ora di pranzo. Ogni membro della squadra di sicari morì orribilmente sul posto. Nel frattempo tre della banda del capo, tutti armati di pistole, tesero un'imboscata al giovane Ratto Gigante più avanti nell'isolato, mentre questi era seduto ad aspettare al volante dell'auto in fuga. Fecero l'errore di pensare che siccome era solo un ragazzino (certo, un ragazzino molto grande) potessero prenderlo per interrogarlo. Scese dall'auto con le mani alzate, tirò fuori il cric nascosto nella manica e spappolò il cervello di tutti e tre gli aggressori. Li lasciò sul marciapiede come i Tre Piggies. (Intendo di Piggy del Signore delle Mosche.) Avrete capito bene. Il resto della sua carriera aveva ampiamente mantenuto la promessa iniziale di questo episodio. Ora capite perché ero nervoso.

Valutando i pro e i contro, mi sembrava che uno dei miei pochissimi vantaggi fosse che il ratto gigante di Sumatra era destinato a dare nell'occhio nel mio sonnolento villaggio di periferia dalle foglie verdi. Non sarebbe stato facile per lui avvicinarsi a me senza attirare l'attenzione. Quindi avrebbe dovuto fare in fretta e quasi certamente travestirsi. Era ridicolo, in un certo senso. Come ci si può mascherare se si è un uomo massiccio, simile a un carro armato, con le dimensioni di un lottatore di Sumo, che cerca di mimetizzarsi in modo plausibile in un prospero ambiente suburbano nel sud dell'Inghilterra? Un luogo che brulica di caffetterie artigianali e gastronomie ecologiche, di verdi villaggi, piazze acciottolate, gallerie d'arte e antiche chiese color miele. Sarebbe stato affascinante scoprirlo (anche se stava arrivando espressamente per uccidermi).

———

Mi ha aiutato il fatto di essere stato assente da scuola per alcuni giorni con uno dei miei "disturbi misteriosi". Per potermi dedicare alla vita segreta di un "ripulitore" che opera attraverso il dark web, devo saltare la scuola abbastanza spesso. Questa era una di quelle volte. Ha anche giocato a mio favore il fatto che mia madre fosse via per due notti per una conferenza di Grand Designs a Londra, lasciandomi momentaneamente orfano. Tutto questo mi andava bene. Ma entro venerdì, dovevo tornare in classe o ci sarebbero state rogne da parte delle autorità scolastiche. Non potevo permettere che accadesse. Non potevo permettere che la gente guardasse troppo da vicino il mio stile di vita. Inoltre, mia madre non c'era per prepararmi i panini. Così il venerdì, quando il ratto gigante non aveva ancora fatto la sua mossa, una combinazione di noia e fame mi spinse a tornare a scuola.

La campanella suonò per l'ora della mensa scolastica. Non è mai stata un'occasione piacevole, ma avevo vissuto per la maggior parte della settimana con merendine e panini alla maionese. Mi diressi verso la sala da pranzo. Tavoli pieghevoli, zuppiere e superfici risonanti, tutto molto ben illuminato. Non era un ambiente che non vedevo l'ora di occupare, dato che nel corso degli anni avevo sopportato fin troppi pasti scadenti e scaramucce tra scolaretti in quel posto. Ma scrollai le spalle nel mio rozzo blazer nero e mi misi in fila per il cottage pie al primo sportello di servizio.

Il ragazzo di fronte a me era uno squallido ex studente del sesto anno che si credeva molto bello. Stava avendo una specie di scambio, carico di allusioni, con una signora della mensa con troppo trucco che ridacchiava. "Mi piace una crostata ogni tanto", le stava sorridendo, "una crostata alla crema, naturalmente". Potevo vedere chiaramente la donna con cui stava parlando alla mia destra. Il loro sciocco scambio mi distrasse per un momento, così che non guardavo dritto davanti a me l'altra signora della mensa che mi stava di fronte al portello. Quando ho girato la testa, con l'intenzione di chiedere la torta di ricotta (non la pasta), non ho visto nessun volto, ma solo un cordino penzolante all'altezza della testa. Portava un badge d'identificazione con la scritta Matilda Briggs Addetto alla mensa.

In quel terribile momento prima di essere sicuro, mentre leggevo il cordino di plastica che pendeva dal collo dell'enorme figura e allungavo il collo per vederne la faccia, saltai di riflesso all'indietro. Fu una mossa salvavita. Un cucchiaio da portata affilato come una vanga fendette l'aria come una falce dove la mia testa era stata solo un nanosecondo prima.

Stavo fissando la più grande e voluminosa signora della mensa che abbiate mai visto, in un grembiule bianco inamidato con la circonferenza di un igloo. I capelli biondi a boccoli si riversavano sulle spalle improbabilmente larghe della figura. Gli occhi erano quasi nascosti sotto una frangia della stessa materia.

Sì, il ratto gigante di Sumatra, dall'aspetto rabbioso e con la barba, si stava preparando ad attaccare attraverso il portello di servizio per schiacciarmi in un abbraccio da grizzly.

Dovevo difendermi in qualche modo. Mi lanciai contro il portello di servizio e vidi un guizzo di sorpresa attraversare il volto del mio massiccio assalitore. Si aspettava che scappassi. Invece, saltai agilmente attraverso il portello, sfiorando la sua coscia da ippopotamo mentre gli giravo intorno per atterrare a circa un metro dietro la sua schiena, prima che avesse il tempo di voltarsi.

Armeggiando con il mio orologio da polso, riuscii a dispiegare la garrotta di filo d'acciaio al tungsteno attaccata al bottone di carica dell'orologio. Tutte le prese in giro dei miei coetanei sul mio orologio di Topolino erano improvvisamente svanite. Era costato una fortuna commissionarlo a uno specialista illegale, ma avevo sempre saputo dentro di me che mi avrebbe ripagato alla grande uno di questi giorni.

Con un altro balzo riuscii a girare l'orologio-garrotta sopra la sua testa a forma di zucca e ad avvolgerlo intorno al suo collo colonnare. Poi fu tutto quello che potei fare per rimanere in posizione sulla sua schiena mentre il filo mordeva in profondità e lui cominciò ad agitarsi come un enorme marlin in mare.

Oh, era un allegro attaccabrighe. Si tuffò attraverso il portello di servizio con me sulla schiena. Dovevamo sembrare usciti da una versione Disney di Giona e la balena. La garrotta si stava stringendo e già cominciava a farmi male ai polsi e alle braccia. Atterrò a quattro zampe con un muggito di dolore e rabbia da colosso, si alzò in piedi e guidò come uno spazzaneve attraverso i tavoli della sala da pranzo, spargendo piatti di pasta e torta di ricotta in tutte le direzioni, tra urla e grida. In qualche modo ero ancora aggrappato alla sua schiena come un bambino che cavalca un rodeo. Ma non potevamo continuare così, era ridicolo.

Vidi la direttrice entrare nell'atrio con la bocca a forma di "O" ed entrambe le mani alzate sul viso. Il ratto gigante di Sumatra le passò davanti, con me praticamente nascosto come una patella sul suo ampio dorso ansante. Colpì con la spalla un pilastro della Reception e diede sfogo a un altro ruggito di dolore. Che io riecheggiai in modo stridente, dato che il pilastro mi graffiò sul lato sinistro della testa mentre passavamo.

L'impatto mi scosse, le mie mani intorpidite per aver stretto l'orologio-garrotta di Topolino che aveva lasciato una ferita che versava una sottile cortina di sangue dal collo e dalla gola del Ratto Gigante. Spaccò le porte d'ingresso della scuola e si precipitò sul viale come un elefante-toro con un grembiule bianco inamidato. Poi sparì dal cancello d'ingresso (fuori dal quale un'enorme parrucca bionda fu trovata dalla polizia più tardi quel giorno).

Ci furono domande, naturalmente, domande infinite. Nella confusione, tutto ciò che qualcuno aveva visto era che sembravo saltare in cucina attraverso il portello di servizio. Poi un enorme pazzo si è scatenato nella sala da pranzo. Gli altri ragazzi erano stati messi da parte e presi dal panico dalla fuga del ratto gigante. Alcuni di loro erano isterici e volubili, togliendomi fortunatamente i riflettori di dosso (quel pappamolle piagnucoloso di Adrian Gapper-Johnson, per esempio, era una manna dal cielo. Era coperto di lividi, sugo e carne macinata e gridava di volere sua madre mentre la poliziotta cercava di calmarlo).

Dissi alla direttrice e alla polizia che mi ero solo aggrappato alla manica "dell'uomo cattivo", mungendo per quanto valeva quella fantasia infantile dell'eroe dei Famous Five have-a-go (mi mancava solo Timmy il cane in appoggio). Nessuno pensava di collegarmi all'episodio in modo più approfondito, perché non aveva senso se non si conosceva la mia vita segreta. Tutti erano invece profondamente preoccupati per me. Riuscii a farmi un bel bernoccolo sulla tempia sinistra. La pelle si era strappata e aveva un aspetto piuttosto impressionante. Comunque, fui sollevato quando finalmente mi mandarono a casa con la macchina della polizia e mi lasciarono saltare le lezioni del pomeriggio (ukulele e informatica).

———

Un'imitazione molto inetta del ratto gigante ad opera del disegnatore fu appuntata sulla bacheca della reception il lunedì mattina, quando tutti ci accampammo per la riunione. Il fatto che gli avessi fatto un graffio aveva solo peggiorato le cose, pensavo tra me e me. Nel mio lavoro, non è mai una buona idea ferire ciò che non si può uccidere. Ora sarebbe stato più arrabbiato. Forse questo avrebbe offuscato il suo giudizio e avrebbe giocato a mio favore. Ma avevo bisogno di rinforzi, questo era certo. Quindi era un buon momento per chiamare Bob lo Sfigato.

Bob lo Sfigato gestisce un deposito di idraulica in una città vicina, a circa sei chilometri di distanza. Ci sono andato in bicicletta con la mia All Terrain appena finita la scuola. Ho un modello con telaio in carbonio che è robusto ma leggero ed è il mio principale mezzo di esercizio e di trasporto, quindi sono abbastanza agile.

Il campanello del negozio suonò con un tintinnio d'altri tempi quando premetti il pulsante d'ottone vicino alla pesante porta di quercia. Dopo un lungo momento, mentre la telecamera nascosta mi scrutava, Bob lo Sfigato mi fece entrare. Non si è mai troppo prudenti di questi tempi nel suo mestiere, per il quale il paravento da mercante d'idraulica è il camuffamento perfetto. Bob lo Sfigato è il tipo a cui rivolgersi quando si ha un problema come quello che ho avuto io. Giubbotti in kevlar, armi automatiche, attrezzature per la sorveglianza, mine Claymore; se lo vuoi, Bob lo Sfigato te lo procura (se non lo ha già). E te lo vendeva a un prezzo da capogiro. In breve, lo capivo e mi piaceva (Bob lo Sfigato era quello che mi aveva fornito il mio orologio garrotta di Topolino).

Bob lo Sfigato era occupato a saldare qualcosa in una morsa sul retro del suo polveroso e tetro negozio. Ha alzato la visiera e si è tolto il berretto da baseball rovesciato per pulirsi la fronte quando mi sono avvicinato.

"Ehi, Bob", ho detto.

"Zack. Quanto tempo. Come vanno le cose?"

Gli raccontai in poche e ampie pennellate del ratto gigante di Sumatra e della mia "situazione". Fischiò piano alla menzione del celebre assassino. Ho detto a Bob lo Sfigato che avrei avuto bisogno di alcuni oggetti, uno o due dei quali personalizzati. È molto affidabile in caso di problemi. Ha ascoltato attentamente, ha annotato qualche appunto su un tablet e mi ha detto di tornare dopo un paio d'ore. Alle sette in punto ero di nuovo a casa con il necessario che Bob lo Sfigato mi aveva fornito in un sacco scomodo, spigoloso e molto pesante.

Il mio piano prevedeva che la prossima volta che il ratto gigante avrebbe cercato di uccidermi sarebbe stato dopo il tramonto. A tal fine, ho iniziato a pedalare di notte sulla mia Avenir Voodoo AT20 Series, assicurandomi che le mie luci e i riflettori rosso rubino fossero visti in tutto il villaggio. Erano diventati un luogo comune. Anche altri ragazzi erano fuori, alcuni di loro in bicicletta, il che era un bene. Ero ancora visibile, ma non sembravo un'esca umana. Eppure un'esca irresistibile per il Grande Ratto di Sumatra è proprio quello che volevo essere.

A est del villaggio, proprio vicino al profondo e veloce fiume Iris, c'è una zona industriale che ospita unità di stoccaggio e alcuni uffici commerciali locali: una tipografia, un magazzino, uffici in affitto, questo genere di cose. Un tipico parco scientifico di periferia. Una landa post-industriale senz'anima, uno di quei luoghi di mezzo che nessuno visita di notte o nel fine settimana. Sono sceso lì poco dopo il tramonto e mi sono messo al lavoro su un pendio erboso nascosto da cespugli di biancospino che portava ripidamente (con una caduta quasi vertiginosa) al fiume.

C'è voluto un bel po' di tempo per preparare tutto. Era di vitale importanza che nulla fosse visibile dall'angolo della strada a cento metri di distanza, non importa quanto bruscamente un guidatore prendesse la curva. Stavo lavorando con la torcia, e questo rendeva il lavoro molto più difficile di quanto sarebbe stato alla luce del giorno. Passarono circa un paio d'ore prima che fossi completamente sicuro che il dispositivo e i suoi accessori, che Bob lo Sfigato aveva creato e preparato per me, fossero correttamente impostati e installati. Tornai a casa, poi, per finire i miei compiti e per un pasto messicano con mia madre. Era tornata dalla sua conferenza di Londra e ne parlò all'infinito durante la cena prima di andare a dormire presto.

———

Per quattro sere come questa ho pedalato intorno a Wychwode non appena le luci della strada si accendevano e il crepuscolo scendeva. Niente. Cominciavo a chiedermi se avevo fatto male i conti. Poi, venerdì sera, è successo qualcosa.

Ero troppo lontano dal luogo che avevo segnato per le mie contromisure, in realtà, e mi è quasi costato la vita. Forse stavo cominciando a dubitare del mio piano o semplicemente mi stavo perdendo d'animo dopo la lunga attesa. Pedalando intorno al fangoso terreno bonificato a ovest di Wychwode, mi stavo preparando a tornare a casa e ad abbandonare il mio ruolo di esca. Poi l'ho sentito: una sirena, un po' lontana. La sirena di un'ambulanza. Oh-oh. Sapevo abbastanza del suo modus operandi e del suo pedigree di autista criminale per unire subito i puntini.

Ho cominciato a pedalare come un pazzo nella direzione opposta, lontano dal rumore dell'ambulanza. Stavo andando direttamente verso il parco scientifico nel villaggio orientale. La sirena era più forte ora. Era già notte fonda e una pioggerellina sottile aveva cominciato a cadere mentre imboccavo la lunga strada a curve verso la zona industriale e superavo di volata la mini rotonda. La sirena era, secondo i miei calcoli, solo un minuto dietro di me. Mi girai per dare un'occhiata veloce.

Di sicuro, un'ambulanza verde-bianca con luci lampeggianti stava emettendo la sua nota stridula a circa trenta secondi dietro di me. Ancora troppo distante per essere sicuri di chi fosse al volante, ma non c'era bisogno che me lo dicessero. C'era la firma del ratto gigante di Sumatra dappertutto. Se si fosse scoperto che non era lui, avrei dovuto prendere su di me il karma negativo di quello che sarebbe successo dopo; la situazione non mi lasciava scelta. Ma nel mio cuore sapevo che era lui. Lo sapevo con l'assoluta certezza di un topo in una trappola.

La pioggerella costante comprometteva la visibilità, offuscando tutto dietro una cortina nebbiosa nel bagliore di sodio dei lampioni che si diradavano verso la zona industriale.

Tutto dipendeva dal mio tempismo. Il ratto gigante poteva avere solo una visione indistinta di me e della mia bici da dietro, mentre facevo una brusca curva a sinistra e mi precipitavo fuori dalla strada verso la siepe di biancospino e il pendio.

Mi appoggiai in una scivolata che scaraventò la bici via da me, lasciandola andare dove voleva, cronometrando la mia scivolata a gambe aperte per seppellirmi profondamente fuori dalla vista della strada tra i tronchi degli alberi di biancospino. Ero a circa venti metri da dove avevo piazzato la trappola. Se l'autista dell'ambulanza avesse inchiodato ora, avrebbe significato che il ratto gigante mi aveva in qualche modo individuato chiaramente nonostante la pioggia e il buio. Allora il gioco sarebbe finito e io sarei finito.

L'ambulanza passò, con la sirena ancora accesa. Mi aveva mancato! Aveva abboccato all'amo! Proprio come avevo previsto, l'ambulanza passò sfrecciando davanti a me nel mio nascondiglio, dritta verso l'ammiccante riflettore rosso rubino sul treppiede mimetizzato che Bob lo Sfigato aveva costruito su misura per me, sistemato con tanta cura nei cespugli di biancospino sulla riva del fiume. Guidando a velocità nel buio piovoso, il ratto gigante pensò di vedere ancora il mio fanale posteriore. Aveva sterzato improvvisamente fuori strada (imprecando orribilmente senza dubbio) per schiacciare e annientare bici e pilota.

Sentii il tonfo sordo della Claymore che scattava mentre l'ambulanza attraversava lo schermo di cespugli (portando con sé su un parafango il riflettore che assomigliava al mio fanale posteriore).

Le schegge della mina a volta distrussero il parabrezza e la maggior parte del lato esterno dell'autista, colpendo la cabina di guida con una grandine mortale e una forza che ha fece inclinare l'ambulanza di lato a mezz'aria.

Il grande veicolo bianco descrisse un arco pigro nella notte, i fari accecarono per un secondo il fiume sottostante. Quelle acque scure, profonde e mortali. Quelle temibili acque fatali che affogano i topi. La sirena gorgheggiò in un improvviso silenzio mentre la forte e pigra corrente del fiume prendeva l'ambulanza che affondava nel suo abbraccio gelido vicino allo zero.

I pipistrelli svolazzavano, i topi di campagna cinguettavano nelle acque del fiume Iris, le sue acque fredde, più fredde, ancora più fredde mentre il ratto gigante scendeva verso il suo riposo. I fari si affievolirono, poi si spensero, e tutto rimase immobile tranne un ultimo gorgoglio sordo e pesante mentre il veicolo sprofondava sott'acqua, la sua discesa segnata fugacemente da un vortice metallico e oleoso.

Il ratto gigante di Sumatra non morì quella notte. Ma solo nel senso che una leggenda non muore mai. Il cadavere di un infame assassino russo-indonesiano fu recuperato dal relitto di un'ambulanza rubata quando venne alla luce settimane dopo. In questi giorni, le storie raccontate dopo il tramonto dai miei coetanei nei bar da Singapore a Chicago riguardano me.

Fine

GIUSTIZIA

JACK D MCLEAN

LA PROSSIMA SETTIMANA ci sarà il mio processo e potrei essere condannato all'ergastolo. Mio figlio è preoccupato da morire, ma io no. Non vedo l'ora di vedere quel bastardo di Sykes in tribunale a testimoniare contro di me, a dire al mondo cosa gli ho fatto. Non vedo l'ora di vedere la sua faccia quando sarà finita e capirà cosa ho fatto.

Sono un uomo d'affari in pensione. Alla mia età non avrei dovuto farmi coinvolgere in un crimine, ma quando mio nipote è morto, non ho avuto scelta. Aveva solo quattro anni.

Mia moglie era a pezzi e per quanto riguarda mio figlio Alan e mia nuora Beth, non lo supereranno mai.

Avete mai visto la bara di un bambino? Sono così piccole. Spezza il cuore, davvero.

È stato come il piccolo Eddie è morto che mi ha colpito più di ogni altra cosa.

Era sul triciclo quando un camion è arrivato e ha preso la curva troppo stretta. La ruota posteriore è salita sul marciapiede e ha investito il mio piccolo Eddie. Nella caduta ha battuto la testa e non si è più ripreso.

Chi ha visto l'incidente ha detto che l'autista, Harry Sykes, si è messo a ridere quando ha capito cosa aveva fatto.

È stato perseguito per questo, e ha detto che gli dispiaceva ma era solo una recita. Avrebbe potuto ingannare il giudice, ma non me. Sapevo che lo stava dicendo solo per farla franca...e aveva funzionato.

L'accusa contro Sykes è stata di aver causato la morte per guida imprudente. Avrebbe dovuto essere omicidio, secondo me.

Era il suo primo reato, quindi ha ottenuto una sospensione della pena ed è uscito dal tribunale da uomo libero.

Che razza di giustizia è questa?

Avrebbe dovuto essere sbattuto dentro per anni.

Così ho deciso di fare qualcosa al riguardo.

Ho parlato con mia moglie. Eravamo d'accordo che avrei dovuto prendere la questione in mano

Ma non ne ho parlato con mio figlio. Non avrebbe capito. Alan è una persona molto diversa da me. Io ho dovuto scalare la vetta dai bassifondi per andare avanti nella vita e lui ha avuto tutti i privilegi che si possono avere fin dal primo giorno.

Quando stava crescendo gli ho messo un tetto costoso sulla testa, mi sono assicurato che avesse del buon cibo da mangiare e ho pagato per fargli avere la migliore educazione possibile. È andato all'università ed è diventato un avvocato di successo. Non sa nulla dei sacrifici che ho dovuto fare per lui. Ho rinunciato a tutto per la mia famiglia, compresi alcuni scrupoli lungo la strada.

Una volta deciso di vendicare la morte di Eddie, sono uscito e ho portato con me una pistola. Una 38 snub nose revolver, una vera e propria specialità del sabato sera.

Quando ho affrontato Sykes in strada, ha cercato di usare la sua ragazza come scudo.

"Sii uomo", ho detto avvicinandomi e tenendo la pistola contro la sua tempia.

Ma lui si è rannicchiato come un bambino spaventato, mettendosi in ginocchio e implorando pietà.

"Per favore, non so perché lo stai facendo, lasciami vivere".

"È per mio nipote, Eddie. Il bambino che hai ucciso. Te lo ricordi?"

Mi sono accovacciato, ho appoggiato la canna alla sua coscia e ho premuto il grilletto.

C'è stato un rumore assordante quando la pistola ha sparato.

Il proiettile gli ha frantumato il femore. Quando ho tirato via la pistola c'era un grosso buco sul lato della gamba da cui usciva del fumo.

Bruttissimo.

La sua ragazza ha urlato e lui ha urlato ancora più forte.

"Ti sta bene, stronzo", gli ho detto.

Mi sono rivolto alla sua ragazza.

"Mi dispiace, tesoro", ho detto. "Non volevo trascinarti in tutto questo, ma non avevo scelta. Se fosse stato almeno la metà di un uomo non ti avrebbe usato come scudo e tu non avresti dovuto vedere questo. Dovresti chiudere con lui. Hai visto com'è fatto. È un buono a nulla."

Ho messo la pistola nella cintura e mi sono allontanato.

Non è passato molto tempo prima che gli sbirri venissero a casa mia e mi arrestassero.

Mi hanno accusato di aver causato gravi danni fisici. La pena per ciò che ho fatto è quasi uguale a quella per l'omicidio. Quindi, in un certo senso, avrei anche potuto uccidere Sykes. Ma volevo che vivesse, che provasse il dolore che provavo io.

Non ho negato le accuse. Come avrei potuto? L'ho fatto in pieno giorno sulla strada principale. Un sacco di gente mi ha visto ed è stato registrato su video.

È stata dura per mio figlio, naturalmente.

"Papà, come hai potuto?" mi ha detto. "Perché ti sei fatto giustizia da solo? Avresti dovuto saperlo. Una volta eri un uomo d'affari rispettato. Ho perso Eddie e ora perderò te. Verrai rinchiuso per sempre".

"Scusa, figliolo", ho detto. "Non preoccuparti. Avrò un buon avvocato. Mi farà ottenere un accordo".

"Non sai di cosa stai parlando. È un caso senza uscita. Ti manderanno in galera per anni".

"Penso proprio che tu abbia ragione".

Ma sapevo che non era così.

Vedete, la mia attività era l'estorsione e il racket, usando la violenza estrema come mezzo di persuasione.

E quando i miei amici avranno finito con la giuria, non solo mi lasceranno andare, ma mi daranno anche una medaglia.

Fine

ANDARE AVANTI

MARTIN MULLIGAN

LA MAGGIOR PARTE dei martedì sera mi piace rivedere il video del nostro matrimonio. In 30 anni le mode sono cambiate in modo irriconoscibile. Quelle acconciature cotonate degli uomini e delle donne negli anni '80! Quasi tutti nel video sono morti ora, naturalmente. Oppure sono amici con cui abbiamo perso i contatti da tempo. Anche le auto parcheggiate fuori dalla chiesa sembrano strane dopo tutto questo tempo. (Uno dei miei zii, Ben, si è presentato a collo aperto e ha dovuto fregarmi una cravatta. Poi ha guidato a circa 20 miglia orarie in una Ford Fiesta fino al luogo del ricevimento, causando una coda di mezzo miglio sulla trafficata strada principale). Come sposi siamo partiti, con l'autista, in una Hispano Suiza bianca d'epoca che era appartenuta all'arciduca Francesco Ferdinando.

Non so come mi sia venuta l'idea che sarebbe stato bene bruciare tutto. Ricominciare dalle ceneri del mondo. Piromane. Che bella parola.

———

Mi piace la ragazza del caffè artigianale qui a Wychwode. Ha lunghi capelli biondi con i boccoli e uno strano accento. Sul suo cartellino c'è scritto "Matilda". La settimana scorsa mi ha anche dato una seconda tazza gratis. Si è rivelato un errore e alla fine l'ho pagata comunque. Pazienza. L'altro personale dietro il bancone è tutto senza personalità. Ma mi è piaciuto molto che mi abbia portato un secondo caffè mentre ero seduto lì a guardare i passanti sulla strada illuminata dal mio solito posto alla finestra.

Stavo leggendo di vernici e solventi e prendendo appunti. È facile confondersi con tutti gli occhialuti che lavorano ai loro computer portatili e ordinano l'ennesimo caffellatte magro e croissant.

Tornando a casa dalla caffetteria, ho fatto un salto a Red Kite Vaults, il vinaio del villaggio gestito da Derek e dal suo assistente Jack. Il loro rapporto mi stuzzica sempre. Derek è il titolare e unico proprietario di Red Kite Vaults. Si riferisce sempre a Jack (alle sue spalle, ovviamente) come "Jack che *lavora* qui". Ma a me piace Jack, un piccolo e docile padre di famiglia con grandi occhi marroni da bambino. Ama andare in giro per un occasionale viaggio di acquisto di vino in Francia o in Italia. Penso che sarà abbastanza difficile dover mettere la benzina nella loro cassetta delle lettere.

———

Non te lo aspetteresti mai, proprio mai, di essere improvvisamente catapultato nella vita di un romanzo di Balzac, come un anziano avaro sul letto di morte circondato dagli avvoltoi dei suoi parenti e dei suoi cosiddetti amici e colleghi, persino degli estranei virtuali, tutti a volteggiare, quasi a sentire i loro artigli scattare, i loro becchi schioccare. Tutto a causa dell'effetto Zampa di Scimmia: quando muore il tuo partner, le regole cadono, tutto cambia. Vale più da morto che da vivo: quel vecchio cliché. Ma in realtà non è un cliché, è piuttosto una verità abusata, costantemente presente nella nostra società, nel modo in cui viviamo oggi. Né è utile negarlo, fingere che le cose, che le persone, siano in realtà migliori di come sono. Meglio semplicemente accettare, non combatterlo, lasciarlo sorgere nella coscienza in tutta la sua dolorosa bruttezza, rimanere lì, a guardare. *"La via del guerriero comporta camminare sul filo del rasoio"*, come dicono su quei siti web motivazionali. I *sentimenti, sono solo sentimenti*. Ma stare semplicemente seduti con i sentimenti può essere il compito più difficile del mondo.

Un'altra cosa: perché alcune persone non si infiammano mai? Non si svegliano mai. Si accontentano di guardarti con aria assente, con le mascelle spalancate, quando fai un'osservazione importante. Livelli: è come se fosse tutta una questione di *livelli di consapevolezza*. E alcune persone, per ragioni che non sono chiare, sono bloccate ad un certo livello, impantanate nell'ignoranza, inerti, paralizzate, persino. Incompetenti spreconi, inadeguati. Sono un drenaggio dell'energia e dell'intuizione degli altri: quel piccolo numero di risvegliati. Prega, leggi, preleva, taci, va' in pace. E brucia le cose.

———

Fate molta attenzione a non schizzare nessun solvente sulle dita mentre preparate la miccia. L'ovatta soffice è il materiale migliore. (Quei dischi per togliere il mascara sono troppo sottili e troppo assorbenti; la fiamma non prende allo stesso modo). Usate un cacciavite per sollevare il coperchio del minuscolo barattolo di vernice da modellista, questi bruciano meglio a mia esperienza. Quando siete sicuri che l'ovatta è sufficientemente imbevuta di vernice, allora accendete un fiammifero e dategli fuoco. Ci sarà molto fumo bianco. Il fumo è il modo in cui firmiamo il nostro lavoro.

———

I più grandi piromani della storia, chi erano? Certamente i primi uomini devono essere annoverati tra loro, quei proto-umani che arrostivano i mammut a morte in una fossa impilata con sterpaglie e legname per lo scopo. Possiamo definire Nerone un piromane? O ha solo suonato mentre Roma bruciava? I nazisti hanno bruciato il Reichstag e hanno dato la colpa a un idiota. Il Grande Incendio di Londra non fu un incendio intenzionale, ma il sindaco si rifiutò di abbattere le case che ne avrebbero fermato la diffusione, quindi questo lo rende un amico del fuoco, in un certo senso, anche se non un vero e proprio appiccatore.

Poi ci furono i piloti dei bombardieri che distrussero Dresda. Centinaia di civili si rintanarono nelle cantine per evitare la soffocante tempesta di fuoco che bruciò per giorni. E i piloti fascisti in Spagna nel 1937 che mitragliarono i pompieri che lottavano contro le fiamme a Barcellona e in altre città spagnole. *Neeeeeee-oooowwmm.* *Buddahbuddahbuddah.* Guarda, ce n'è uno che ondeggia in cima a una scala con il suo tubo di fuoco. Lascialo a me. *Fatto.*

La storia degli uomini che appiccano il fuoco è la vera storia dell'uomo, una saga gloriosa di creazione e distruzione. Fenici che risorgono dalle ceneri per sempre. Amen. Voglio che il mio nome sia scritto con lettere infuocate nell'appello degli eroi in quel Libro che brucia.

———

Il Wychwode Inn, la Galleria d'Arte nella piazza del villaggio e il St Michael's: ognuno di questi pone un problema particolare. (Oltre al problema che mi piacciono alcuni dei loro occupanti, cioè).

Prendete il Wychwode. Hanno un cagnolino lì dentro, si chiama Patchy, un Jack Russell Terrier. Puoi lanciare un lime o un limone e lui lo recupererà, non importa quanto lontano rimbalzi nell'interno buio del pub. Patchy riesce a saltare in modo talmente elegante su uno sgabello partendo dal pavimento che giureresti che quel cagnolino è un maestro della levitazione. Mai visto niente di simile. Ma il suo padrone, l'oste del Wychwode (di cui mi rifiuto di fare il nome) è un bullo. Posso solo sperare che nel momento cruciale Patchy non sia in casa.

Ora, per quanto riguarda la Galleria d'Arte nella piazza di fronte alla chiesa, dovrà andare via solo perché la cosiddetta arte esposta all'interno è molto brutta. Niente di personale contro i proprietari, ma davvero. Quegli acrilici e acquerelli sono così noiosi da essere offensivi. Fine della storia.

Il St Michael's e Tutti gli Angeli e il suo clero sono un altro caso speciale. Il prete ha ovviamente perso la sua fede, se mai ne ha avuta una. Ho ascoltato troppi dei suoi sermoni senza vita in quel cupo e freddo edificio di pietra. Posso quasi sentire il falò che sta già consumando la sua chiesa. Ma, tecnicamente, la chiesa pone il mio problema più difficile. Quelle porte pesanti agiscono come un completo freno al fuoco e non c'è altro modo per entrare. Solo un assalto frontale per spaccare quelle pesanti porte di legno antico ha qualche possibilità di successo. Non c'è nessun altro accesso al posto. Richiederà un'attenta riflessione.

———

La detective Isabel Archer è stata la prima ad arrivare sulla scena al St Michael durante gli attacchi incendiari seriali al villaggio del Cotswold. Era solo contenta che nessuno fosse morto negli incendi (anche se un uomo era in terapia intensiva). Era anche sollevata che il suo trasferimento dall'Unità Pedofili fosse andato così bene. Un caso come questo era molto più adatto a lei.

Il vicario, la moglie e la figlia sconvolta davano uno spettacolo disperato, rannicchiati insieme e piangendo e singhiozzando nella piazza del villaggio.

Al Wychwode, il caso era diverso. Il proprietario del Wychwode era già in ospedale. Ma il suo cane era sfuggito al danno, evidentemente: il piccolo Jack Russell stava abbaiando eccitato all'ufficiale di polizia che lo portava verso un vicino furgone della polizia.

Una testimone anziana, una signora intorno agli ottant'anni, che ancora insegnava la Tecnica McTimony e che sembrava molto più giovane della sua età anagrafica - aveva una descrizione abbastanza completa dell'incendiario. Ellen Varney, 77 anni, descrisse un uomo di mezza età con una tuta bianca, occhiali neri e un vivace cappello a ciliegio, che camminava alacremente e con decisione (ma con calma e senza alcun tipo di panico, sottolineò) lontano dai fuochi scoppiettanti della scena del crimine e dalle finestre che implodevano in modo quasi ritmato.

La signora Varney era uscita per una passeggiata mattutina nel villaggio. Sulla via del ritorno era passata davanti alla chiesa in fiamme e al pub che solo allora stava prendendo fuoco, con il fumo che cominciava a uscire dal secondo piano. (I residenti dall'altra parte della strada avevano già dato l'allarme).

È stato dopo aver raccolto la dichiarazione della vigorosa signora anziana che il detective Bryant ha visto la telecamera a circuito chiuso all'altezza della grondaia sulla facciata del barbiere. Ha preso nota di seguire la cosa con il proprietario del barbiere.

———

Il resoconto del vicino voyeur (come raccontato alla polizia):

Il sospetto è stato osservato lasciare la sua casa poco dopo l'alba. Indossava una tuta bianca o una tuta da lavoro e un casco rosso da motociclista. Ha attraversato la strada fino al suo garage adiacente e ha guidato la sua BMW di seconda mano. Poi è rientrato in casa ed è uscito qualche minuto dopo trascinando un materasso. Lo ha infilato nel sedile anteriore lato passeggero, chiudendo la portiera a spallate dopo un arduo incontro di lotta con l'ingombrante materasso. Poi camminando intorno alla parte anteriore dell'auto, si è messo al posto di guida. Seduto, ha indossato un paio di occhiali da sole. È partito lentamente, girando a destra alla fine della strada, dirigendosi su Main Street verso l'estremità nord del villaggio.

———

Riprese della videocamera del barbiere turco:
Nota: il signor Kemal Ahmet ha installato una telecamera all'esterno del suo salone di parrucchiere per uomini dopo diversi episodi in cui la sua Aston Martin nuova di zecca è stata vandalizzata da giovani del posto. L'area del parcheggio su cui ha puntato l'obiettivo della sua telecamera di sicurezza comprendeva gran parte della piazza del villaggio nel suo campo più ampio (anche se gran parte del filmato è sgranato e indistinto). L'angolazione della telecamera del barbiere turco è stata una felice sorpresa per gli investigatori della polizia, uno

dei quali ha avuto la brillante idea di seguire la pista sulla scena del crimine una volta che la piazza era stata registrata dalla scientifica.

La BMW trasandata rombava attraverso la piazza come se provenisse dalla direzione del Co-Op. Andava dritta verso le porte che erano l'entrata principale della chiesa di St Michael e Tutti i Santi, chiusa a quest'ora del giorno. Poco prima dell'impatto, si è visto il conducente con il casco che si buttava di lato nello spazio per le gambe del lato passeggero. Il cofano dell'auto ha colpito le pesanti porte di legno con un botto assordante e un forte crack. Schegge di legno e frammenti di vetro dei fari in frantumi esplosero nella piazza. L'auto, ancora sfrecciante in avanti, scomparve nel corridoio d'ingresso della chiesa, seguita un attimo dopo da un altro forte botto quando colpì un ostacolo all'interno. Delle volute di fumo cominciarono ad uscire dalle porte della chiesa scheggiate che pendevano rotte sui cardini, per poi lasciare il posto, dopo qualche minuto, a enormi ondate di fumo bianco. Le fiamme illuminarono il vetro colorato delle finestre della chiesa, creando rapidamente qualcosa che si avvicinava a un inferno.

Una figura bianca vestita da operaio con occhiali scuri e casco rosso uscì di corsa dalla chiesa, dirigendosi verso la vicina galleria d'arte del villaggio a circa cento metri di distanza. La figura è fuori campo per circa cinque minuti prima di esscre vista correre di nuovo - lontano dalla Galleria d'Arte - verso il pub Wychwode Inn sul lato opposto della piazza.

Si vede poi la figura accovacciarsi vicino alla porta dell'ingresso principale e manipolare la cassetta delle lettere per un minuto o due. (I dettagli sono nebulosi a questa distanza, la telecamera lavora al limite delle sue prestazioni). Dopo qualche minuto, una finestra del piano superiore viene rotta dall'interno del pub e ne esce del fumo. Un tumulto di grida inizia all'interno.

La figura vestita da operaio gira sui tacchi e cammina alacremente fuori portata.

———

L'intero villaggio è ancora sotto shock mentre scrivo. Ci sono notizie lunghe sei pagine su Google. E quel sito amatoriale di newsletter locale, Wychwode Update, ne è pieno! Un grande tappeto di fuoco, ecco cosa deve essere sembrato dall'alto. Come una mappa d'ordinanza in fiamme, i contorni che si confondono in una bufera di scintille, di fumo. Le ali di un grande uccello mi hanno portato via, a Berlino, da dove scrivo, seduto in un caffè alla moda. Ho fatto la mia dimostrazione. Hanno detto che ero una specie di mentalista. Ma ora hanno una stima migliore della mia visione, dei miei poteri.

Fine

INCIDENTE IN UN VIALE DI PERIFERIA

JACK D MCLEAN

QUANDO MI SONO MESSA con Gerald, una formula vecchia come la nostra specie riviveva.

Lui aveva quarantuno anni, io venticinque; lui era ricco e io ero povera. Lui da lontano aveva un aspetto quasi normale, mentre io ero, e lo sono tuttora, piuttosto stupefacente. Questa non è solo la mia opinione. La gente me lo dice sempre, e non solo mia madre e mio padre.

Gerald mi ha dato una casa e sicurezza e io in cambio ho portato il fascino nella sua vita. Le teste si giravano e le mascelle cadevano quando eravamo in giro insieme - lui lo amava.

Ero la sua ragazza trofeo che forniva sesso anche quando non ne aveva voglia, e conversazione se richiesto. Non facevo nessun lavoro domestico, però. Questo non faceva parte dell'accordo. Non se ne parlava.

Il divario di età di sedici anni non era eccessivo, secondo me. Ho visto di peggio nella comunità Sugar Babe. C'erano degli inconvenienti, naturalmente. Me lo aspettavo.

Per esempio, alcune di quelle teste che si giravano, si poteva dire che i loro proprietari stavano pensando:

Cosa ci fa con lui?

Ma quando salivamo sulla sua Bentley Mulsanne con autista alla fine della serata, era ovvio cosa ci facevo con lui. E la maggior parte degli occhi che ci guardavano erano del più scuro verde bottiglia d'invidia.

Poi c'era il suo corpo. Ho fatto sesso con uomini della mia età e avevano bei corpi sodi, almeno quelli che si prendevano cura di loro stessi. Temo che Gerald non l'abbia fatto.

Non c'è da stupirsi, visto con chi faceva sesso, che una parte di lui fosse sempre soda. Ma il resto era morbido e flaccido. Almeno non aveva le tette da uomo, grazie a Dio. Non credo che avrei potuto sopportarlo.

Fumava, beveva molto, e l'esercizio più duro che avesse mai fatto era stata una cavalcata con me sul tavolo della cucina. Si fece male al ginocchio per salirci, così da allora lo facemmo sempre e solo nel suo letto.

Era poco salutista il mio Gerald. Eppure, non mi sarei mai aspettata che morisse così giovane, solo quattro anni dopo esserci messi insieme, a soli quarantacinque anni. Non è stata la sua salute ad ucciderlo. Ha avuto un incidente. Se non fosse stato per quello potremmo essere ancora insieme. Mi piace pensarlo.

Mangiava tutte le cose sbagliate, quindi non era sorprendente che fosse in sovrappeso. Quello che era sorprendente era che era clinicamente obeso. Questo è quello che ha detto il medico, comunque. Ma lo nascondeva bene sotto le sue giacche su misura e i maglioni spessi. Non si sarebbe mai detto che Gerald fosse clinicamente obeso.

Lo si sarebbe classificato come tarchiato.

Beh, era un po' basso. Era alto un metro e sessanta, il mio Gerald. Io sono un metro e sessantacinque e con i tacchi sono più alta di un metro e settanta. Lo sovrastavo sempre. Doveva stare in punta di piedi per baciarmi. Era un bene, in realtà. Lo trovava eccitante, uscire con una donna più alta di lui. Il che era una fortuna, perché ogni donna che avrebbe potuto incontrare gli avrebbe dato del filo da torcere in fatto di altezza, specialmente con i tacchi.

Era il mio investimento per il futuro, la mia pensione. Ho sempre pensato che avrei sposato Gerald e ci saremmo sistemati, avremmo avuto dei figli, ma non l'abbiamo mai fatto. Ho vissuto con lui nella sua villa e ho goduto di tutti i benefici di un paparino - una macchina, un tetto sopra la testa, e più soldi in tasca di quanto un cittadino medio venga pagato in questo paese, ma non ci siamo mai sposati.

Io la chiamo paghetta ma in realtà avevo un lavoro-titolo. Assistente personale. Era una specie di scappatoia fiscale. Posso assicurarvi che l'unica assistenza che ho dato a Gerald era del tipo più personale che si possa avere.

Tutto è andato bene per qualche anno, ma le cose hanno cominciato ad andare male quando ho parlato di matrimonio.

"Stiamo insieme da un po', Gerald", ho detto un giorno d'estate in giardino.

Era sul prato del croquet a fare qualche tiro; io lo guardavo con un gin tonic in mano.

"Cosa c'è, Amanda?" Disse lui, alzando lo sguardo dalla palla.

"Ormai stiamo insieme da un po'," ripetei. "È ora che tu facessi di me una donna onesta".

Colpì la palla con un crack e questa scattò attraverso un piccolo arco di legno a pochi metri di distanza.

"Una donna onesta, eh? Non sono sicuro di essere pronto per questo. Non possiamo continuare così come siamo? Siamo entrambi felici, no?"

"Beh, sì, ma..."

"Allora perché fasciarsi la testa, se non si è rotta? "

"Ma, perché, beh... "

Ci fu un rumore come quello di Tarzan che chiama nella giungla. Prese il suo cellulare dalla tasca. Gerald poteva essere molto infantile alcune volte. Si mise il telefono all'orecchio.

"Sì, sì", disse. Poi mi guardò. "Affari. Dovrai scusarmi per un po'."

Rientrai in casa e rabboccai il mio gin.

Nei mesi successivi avemmo molte conversazioni come:

"Stiamo insieme da quasi quattro anni ormai, Gerald. Il tempo scorre. Voglio dei figli. Cosa hai intenzione di fare?"

"Possiamo discuterne un'altra volta, per favore, Amanda? Ho dei conti da controllare in questo momento".

In qualche modo, sembrava sempre che si sottraesse a darmi l'impegno di cui avevo bisogno.

Poi un giorno decisi di farla finita con lui una volta per tutte.

"Sono stanca di aspettarti, Gerald. Non lo vedi?"

"Aspettarmi?"

"Aspettare che tu prenda una decisione. Per quanto posso vedere, questa relazione non va da nessuna parte".

"Dove vuoi che vada?"

"In una chiesa e poi in luna di miele in qualche posto esotico".

"Oh, ehm..." Ci fu un richiamo di Tarzan, come sempre sembrava esserci in momenti imbarazzanti come questo. "Affari", disse. "Ti prego di scusarmi".

Mi sono chiesta se avesse qualche cosa di speciale per far scattare il suo telefono a volontà per terminare le nostre conversazioni quando stavano diventando difficili per lui.

Un giorno lasciò il suo cellulare in giro. Così lo presi per controllare se c'era un modo in cui poteva farlo squillare a piacimento in quel modo.

Quando lo presi, vidi un messaggio. A una ragazza. Chiamata Felicity.

"Cara Felicity, non vedo l'ora di incontrarci domani, amore e baci xxx",

Quando guardai meglio vidi un'intera catena di messaggi di testo tra lui e questa sgualdrina e si mandavano amore e baci a vicenda in ognuno di essi, cazzo. Lei aveva mandato foto di se stessa, la piccola puttana. In alcune era in vacanza in bikini.

Sembrava che avessi una rivale per l'affetto di Gerald. Mi aveva tradito. Il mio sangue, ovviamente, ribolliva.

Da quanto tempo andava avanti? Cosa significava per lui questa Felicity?

Ovviamente, il matrimonio era fuori questione, ora. Ho il mio orgoglio. Non avrei sposato Gerald sapendo che stava vedendo un'altra donna alle mie spalle.

Feci le valigie e le ho gettai nel retro della mia auto, una VW Golf cabrio. Il tettuccio era abbassato perché era una giornata di sole.

Accendendo il motore vidi Gerald nello specchietto retrovisore, che usciva di casa. Mi chiamò.

"Non avevi detto che saresti uscita!"

"Non lo farò", gridai senza nemmeno girare la testa. "Ti sto lasciando!"

Iniziò a camminare verso la mia macchina.

"Lasciarmi? Non capisco. Perché?"

"Sai bene perché!"

La mia macchina era un'automatica. La misi in marcia.

"No, non è vero!"

"È quella sgualdrina che stai frequentando alle mie spalle?"

"Sgualdrina?"

"Non riesci nemmeno a essere onesto con me, vero?"

La mia pressione sanguigna si impennò, ebbi una specie di nebbia rossa davanti agli occhi e prima di sapere cosa stavo facendo misi la macchina in retromarcia, tolsi il freno a mano e premetti l'acceleratore.

In un secondo fu a terra.

Poi è subentrato il panico. Andai avanti finché non sono fui sicura che la macchina non fosse sopra di lui e scesi. Sembrava davvero morto e, per quanto ne sapevo, l'aspetto non ingannava. Chiamai il numero di emergenza.

"C'è stato un terribile incidente. Ho bisogno di un'ambulanza".

"Qual è l'indirizzo, signora? "

Dissi loro dov'ero.

"Per favore, descriva l'incidente".

"Ho investito il mio ragazzo per sbaglio".

"E come sta?"

"Sembra morto".

"Sta arrivando un'ambulanza".

Quando l'ambulanza arrivò era accompagnata da una macchina della polizia. I paramedici confermarono che Gerald era morto e io scoppiai a piangere. Quando la polizia mi chiese spiegazioni, dissi:

"Ero un po' agitata e ho messo la macchina in retromarcia invece che in marcia per errore".

Poi li ho guardati con occhi da cucciolo e grazie al cielo mi hanno creduto.

I genitori di Gerald organizzarono il funerale. Erano sconvolti, poverini, ma ce la fecero.

In seguito, durante il pranzo funebre, una giovane donna si avvicinò a me. La riconobbi subito. Felicity. Decisi di non tirare fuori la questione del tradimento di Gerald con lei. Non volevo fare una scenata, non al suo funerale.

"Tu sei Amanda, vero?" Chiese lei.

"Sì", dissi, chiedendomi dove stesse andando con la conversazione e perché stessimo addirittura parlando.

"Non credo che ti abbia parlato di me".

"No, non l'ha fatto. "

"Sono sua figlia".

"Sua figlia?"

"Sì. Mi sembra quasi di conoscerti perché lui parlava sempre di te. Ho sempre sperato che ci saremmo incontrate, ma non in circostanze come questa, ovviamente. Forse dovrei spiegare che avevo conosciuto Gerald solo da poco. Vedi, non sapeva di avere una figlia finché non mi sono messa in contatto con lui tre mesi fa. Mia madre non gli ha mai detto di essere incinta quando si sono separati. Comunque, è stato traumatico per entrambi, conoscersi. Mi ha detto che non voleva che uscissimo, per così dire, come padre e figlia, finché non si fosse abituato all'idea. Credo che fosse sul punto di dire a tutti di me, ma tragicamente il suo incidente glielo ha impedito".

Mi versai un grande bicchiere di Chardonnay e lo bevvi tutto d'un fiato.

Fine

CONVERSAZIONI SUL MILLENNIUM BRIDGE

MARTIN MULLIGAN

NON È una sorpresa che la Cina venda oggi i migliori dispositivi di ascolto del mondo, pistole sonore per spie. (Ciò che è sorprendente è quanto queste orecchie elettroniche possano catturare, anche a un quarto di miglio di distanza da, diciamo, un ponte d'acciaio sferzato dal vento, il cui sartiame canta mentre risuona per una tempesta che risale l'estuario del Tamigi. Ma sto già andando avanti. Abbiate pazienza un momento.

Sono uno scrittore, vedete, e ho avuto un'idea vincente per un libro. Sarebbe stato composto da conversazioni clandestine catturate, ascoltate in tutte le stagioni e in tutte le ore del giorno. Ogni conversazione avrebbe avuto in comune con le altre solo questo: ogni scambio nel libro avrebbe avuto luogo - segretamente ascoltato - sul celebre Millennium Bridge di Londra, che collega il restaurato Shakespeare's Globe di Sam Wanamaker alla Cattedrale di St Paul. Quell'iconica passerella ronza, stride e trema come una corda di violino con qualsiasi tempo.

Queste conversazioni rubate, di cui i partecipanti originali non sarebbero mai venuti a conoscenza, sarebbero state il punto di partenza per le storie di una raccolta premiata. Questo, almeno, era il mio piano.

Ora, separare sempre la pianificazione dall'esecuzione è un primo principio di gestione e mi è servito bene in questo caso. Perché la prima parte del mio piano è andata bene.

Tutto quello che ho fatto è stato ordinare la pistola sonora (per essere precisi: il Parabolic Catch-all Electronic Microphone Spy Listening Device) da un rivenditore di Shenzhen tramite il mercato globale. Un paio di clic sul sito web del rivenditore digitale che è un nome familiare in tutto il mondo e nel giro di una settimana un pacchetto era sulla mia porta di casa. Ho scartato il piccolo pacco come un bambino a Natale, con gli occhi spalancati dallo splendido design del fucile a raggi dell'era Sputnik.

Durante la mia prima prova nel mio quartiere, ho ripreso una vivace discussione domestica in un seminterrato con tre camere da letto, semplicemente puntandolo su una finestra del piano superiore dalla copertura di un cespuglio di forsythia all'angolo della strada. Quelle imprecazioni e minacce urlate seguite da lacrime erano tutte cristalline, la ricezione era brillante.

Non c'è da meravigliarsi, quindi, se non vedevo l'ora di prendere il treno per Londra e il Bankside di Shakespeare per installare il mio nascondiglio da spia vicino al Millennium Bridge. Stavo tirando il guinzaglio per iniziare la ricerca e lo sviluppo del mio grande progetto di scrittura. Nomination al Man Booker Prize, sponsorizzazioni di catene di caffè, tour nazionali e poi internazionali di autori, la mia testa girava con ogni minimo dettaglio del bagliore del racket del libro prima ancora di aver scritto una parola. Ma tutto questo fa parte della psiche dello scrittore, mi sono detto. È la pura gloria della cosa che ci spinge avanti.

———

Mai puntare un fucile sonoro direttamente su un gabbiano testa di rapa. Lo squawk che quella creatura può generare è un fenomeno da far scoppiare le orecchie anche senza un amplificatore. Penseresti che dopo ti cola il sangue dagli occhi, non sto scherzando. Quel giorno c'erano molti uccelli marini, forse una tempesta in mare li aveva spinti nell'entroterra. Il cannone sonoro e le cuffie ci hanno messo un po' a sistemarsi sotto la spinta della burrasca che soffiava sull'estuario del Tamigi. Si trattava soprattutto di essere abbastanza ben nascosti e di avere un campo libero per l'apparecchio per ascoltare a distanza.

Avevo il raggio d'azione più o meno adesso (dopo uno o due passi falsi, come scegliere quel gabbiano appollaiato sul corrimano). La gente si muoveva avanti e indietro sul ponte nel tardo pomeriggio. Erano per lo più individui in giacca e cravatta che camminavano determinati verso Dio solo sa quali importanti appuntamenti d'affari nelle caffetterie o nelle sale riunioni (riunioni, riunioni, la vera linfa vitale del capitalismo manageriale conformista). Cappotti neri e completi grigio antracite ben tagliati, valigette nere, scarpe nere lucide, tutti che attraversavano costantemente il Millennium Bridge. Una processione costante di capelli scuri tinti e volti un tempo belli, ora tesi e pallidi o paffuti e floridi.

Mi ero abituato a questa marea di tipi metropolitani al rallentatore, quando fui interrotto da due figure che camminavano verso il lato St Paul del ponte, contro il flusso della folla degli uffici.

Erano due personaggi trasandati e mal assortiti: un tipo alto e robusto con una giacca di pelle nera e occhiali da sole e un giovane più piccolo, agile e nervoso, con gli occhi guizzanti, che indossava una felpa con il logo di uno squalo cartone animato che surfava. Ognuno di loro spiccava vistosamente in questo cuore di conformismo sartoriale.

Si fermarono al centro del ponte, in piedi fianco a fianco contro il corrimano, di fronte al ponte Southwark a mezzo miglio di distanza a valle. La loro posizione era perfetta in termini di linea di vista e di rilevamento uditivo diretto per la mia pistola sonora. Era quasi troppo bello per essere vero, per i miei scopi.

Certo, non potevo sapere allora che uno di loro non era solo un ladro ma anche un sadico maniaco omicida.

———

Tornato a casa a Wychwode più tardi quel giorno stavo trascrivendo il nastro che avevo fatto delle varie conversazioni che avevo catturato sul ponte. La maggior parte erano scambi abbastanza anonimi su ristoranti, problemi di trasporto pubblico e pettegolezzi d'ufficio. Poi mi concentrai sulla conversazione tra i due tipi trasandati verso cui avevo puntato la pistola sonora, la coppia che parlava (furtivamente, sembrava) in mezzo al ponte, come se non volessero essere ascoltati. Ho letto e riletto la trascrizione. Poi sono tornato alla registrazione per controllare, due volte. Ancora non ci si poteva credere. Tornai ad ascoltarla dall'inizio alla fine per una terza volta.

Avevano intenzione di rivoltare un intero condominio a Kensington. Nove appartamenti nel corso di un fine settimana di vacanza. Si erano anche lasciati sfuggire l'indirizzo del posto. Aveva un portiere e una guardia di sicurezza a tempo pieno. Non potevo credere a quello che stavo sentendo. "Abbiamo interrotto tutte le comunicazioni". Il tipo alto, simile a un lupo, stava parlando. "Metà dei ricchi bastardi saranno via nei loro cottage per le vacanze o nelle loro seconde case. Prendiamo tutta la squadra e ce la prendiamo comoda, anche mezza notte, se necessario. Stanza per stanza, per tutto il tempo necessario. Nessuna fretta, una volta che ci siamo occupati della loro sicurezza. Poi riempiamo entrambi i furgoni con la roba e ce ne andiamo".

———

La maggior parte delle persone lo avrebbe portato immediatamente alla polizia. Ma io non potevo. I motivi non sono importanti. Diciamo solo che avevo avuto troppi guai da questo lato della legge per troppi anni e il mio nome era già familiare negli ambienti della polizia, non in senso buono. Ero stato assolto due volte. Una volta avevo fatto da garante in un caso del Ministero dell'Interno per un richiedente asilo ucraino, un insegnante di fisica gay picchiato e cacciato dal suo Paese, che alla fine aveva ottenuto il diritto di restare. Alle autorità non era piaciuto. Quindi ero riluttante, per non dire altro, a disturbarli con quest'ultimo sviluppo.

Inoltre, come avrei giustificato la mia palese invasione del diritto alla privacy con i miei exploit con le pistole sonore, in primo luogo? "Oh sì, agente, quello. Beh, doveva essere il punto di partenza per un libro, vede, agente". No, non vedevo come avrei potuto presentarmi alla reception della polizia con questa giustificazione.

———

Il che spiega come mi sono trovato in un portone di fronte al 113 Sitwell Mansions in una fredda, anzi freddissima, diciamo pure una mattina di febbraio francamente gelida. Il mio respiro formava piume di ghiaccio, battevo i piedi nel futile tentativo di tenermi caldo.

Avevo osservato il posto a intervalli da quando mi ero imbattuto nel furto pianificato, sperando in qualche suggerimento o indizio che mi avrebbe dato la possibilità di intervenire in modo sicuro. Avevo un brutto presentimento su tutta la faccenda ed ero convinto che sarebbero stati feriti degli innocenti se non si fosse fatto qualcosa. (Per quanto ne sapevo, alcuni degli obiettivi della rapina potevano anche avere dei bambini a casa quel fine settimana. Senza dubbio, questa cosa doveva essere impedita in qualche modo, anche se mi metteva sulla linea di fuoco).

Durante i quattro giorni che hanno preceduto il fine settimana di vacanza non è successo nulla di sospetto che io potessi notare. (C'è stato un falso allarme mercoledì, quando pensavo di aver riconosciuto il tizio che lasciava un pacco alla reception. Si è rivelato essere solo un corriere con un po' di vestiti puliti sulle grucce, tutti meticolosamente imbustati in polietilene).

Venerdì, per mancanza di pazienza, decisi che erano necessarie misure disperate.

Attraversai la strada dal mio punto di osservazione ancora freddo, entrai nell'atrio del condominio, superai le piante di gomma ben tenute e andai dritto verso l'imponente bancone di tek dietro il quale un concierge in uniforme blu pallido se ne stava sdraiato su una sedia a rotelle (leggendo, notai, il Sun). Era un uomo grosso, con la mascella squadrata non rasata. Portava un berretto a punta con uno scudo d'ottone sul davanti. Non sembrava niente di più di un aspirante extra della polizia di New York con un problema di obesità. Non importa tutto questo, pensai. Il mio piano era di dire la mia parte e poi andarmene subito.

Misi le mani sul bancone e mi piegai in avanti per sottolineare la gravità della mia missione. Senza soffermarmi a presentarmi, dissi: "Senti, amico, non ho intenzione di prenderla per le lunghe. Il tuo edificio è l'obiettivo di una banda di ladri questo fine settimana. Faresti bene a chiamare subito la polizia e a far sorvegliare il posto. Non accetto domande su questo. Grazie, arrivederci". Poi guardai velocemente, in modo interrogativo, nel profondo dei suoi piccoli occhi porcini simili a bottoni - blu pallido, vidi, come l'uniforme - per essere sicuro che avesse ricevuto il messaggio. Ero sul punto di indietreggiare, di girare sul tallone e uscire a grandi passi.

Quello che accadde dopo mi sorprese. Saltò in piedi, mandando la sua sedia su rotelle a volare all'indietro. Ci fu una macchia nel mio campo visivo sinistro. Poi il buio.

———

La sfocatura era il suo pugno grande come una coscia d'agnello congelata. Il buio era il colpo alla mia testa.

———

C'è un cliché da film di serie B secondo cui qualcuno che è stato messo fuori combattimento vede le facce di tre persone che occupano il suo campo visivo. La colonna sonora scorre: "Si sta riprendendo, si sta riprendendo". (Con un timbro da camera d'eco che fischia). Solo che non è solo un cliché cinematografico. È anche quello che succede a volte nella cosiddetta vita reale.

Le tre facce nella mia visione vacillante erano quelle del massiccio portinaio, del personaggio che avevo visto sul ponte e del suo socio più esile e nervoso. Mi sentivo alto dodici metri e largo pochi centimetri, con la testa fatta di zucchero filato stantio. Un gigantesco calamaro di mal di testa aveva i tentacoli attaccati tra le mie sopracciglia. Non potevo fidarmi di me stesso per aprire gli occhi a lungo, figuriamoci per dire qualcosa. Un pezzo di dente frastagliato si stava attaccando bruscamente contro la mia lingua e l'interno della mia guancia sul lato destro. Sputai molto debolmente un frammento di dente rotto e sentii una bava sanguinolenta strisciare lungo il mento, come se fossi dal dentista.

"Spider, devi vedere questo, cambia tutto", diceva il giovane nervoso e magro con un accento dell'Europa dell'Est.

"No, non lo fa. Non cambia nulla. Siamo ancora in gioco". L'uomo dall'aspetto malvagio, alto e robusto, con arti come leve d'acciaio (un tipo di corpo fascista, se mai ne ho visto uno) indossava la stessa giacca di pelle nera logora che indossava quel giorno al ponte.

"E se si fosse già rivolto alle forze dell'ordine? Non sappiamo se può averci denunciato".

"Rilassati. Scoprirò presto quello che sa. E siamo ancora d'accordo. Non ti preoccupare, questo piccolo sviluppo non è un problema. Non dirlo al resto della squadra. Assicurati che le porte del vicolo siano aperte per il carico a mezzanotte".

Avevo perso la cognizione del tempo, ma ora calcolai che non potevo essere stato incosciente per molto più di qualche minuto. Abbastanza a lungo perché potessero trascinarmi fuori dalla vista, attraverso l'atrio, in un magazzino. Ma mi sentivo troppo debole anche per parlare o protestare. Così rimasi lì, tranquillamente sanguinante sul pavimento dell'armadio degli inservienti, a quanto pare, tra gli stracci e i liquidi di pulizia nei loro contenitori di plastica dura. Anche se sputavo sangue e gemevo piano, gli odori ammoniacali aiutavano un po', come i sali nell'angolo di un pugile tra un round e l'altro.

Sentii la porta chiudersi, segno che due dei soci criminali (letteralmente) avevano lasciato me e il minaccioso Spider da soli. Chiaramente ma freddamente furioso, procedette rapidamente a rendere la mia vita ancora più miserabile. Il lato positivo è che svenni di nuovo quando iniziò a tormentarmi il torace con le sue Doc Martens.

Alla fine mi lasciò legato con del filo ad uno scaffale, con i piedi che toccavano appena il pavimento. A quel punto avevo dei lividi sul petto e sulle costole che erano così dolorosi che mi chiesi se una costola fosse andata, ma dato che il mio respiro era ancora a posto, pensai di no. Il mio occhio destro era completamente chiuso e il sinistro quasi. Il dente rotto mi faceva u male cane e avevo difficoltà a sentire la punta delle dita. Le labbra e il naso grondavano sangue per il secondo pestaggio che Spider aveva inflitto alla mia insistenza piagnucolosa sul fatto che non avevo detto a nessuno quello che avevo sentito sul ponte. Alla fine era sembrato abbastanza soddisfatto da abbandonare lo stanzino e lasciarmi tranquillamente sanguinante e imbavagliato. Imbavagliato con uno straccio che puzzava di trementina. Almeno questo è quello che mi sono detto quando ho ripreso gradualmente coscienza nel buio del ripostiglio del custode.

Ero in quella condizione da un'ora, direi (la mia percezione del tempo andava e veniva), quando la porta si aprì di una piccola fessura e la luce si sporse sul pavimento dall'atrio ben illuminato. Ci fu una pausa e poi la porta si aprì completamente e si richiuse rapidamente con un abile scatto dietro una figura che si infilava frettolosamente nel mio stanzino del dolore. Poi fummo di nuovo nella quasi oscurità.

Era il giovane ansioso. Non perse tempo a parlare e stava già armeggiando con il filo che Spider aveva legato intorno ai miei polsi. Dalla sua fretta e dal suo respiro veloce e superficiale, molto forte nel nostro spazio ristretto, immaginai che avesse ancora degli scrupoli su tutto il piano. Ma con il bavaglio in bocca, e una cosa dopo l'altra, non potevo certo chiederglielo. C'era anche un ronzio intermittente nelle mie orecchie che mi preoccupava. La mia testa, dopo tutto, aveva subito una duro colpo. Ad ogni modo mi stava zittendo disperatamente per farmi stare in silenzio mentre slacciava il filo di ferro dai miei polsi - si era dimostrato troppo ostinato - e strappava i nodi del filo di ferro che mi stavano tagliando gli stinchi. Ero ancora sospeso a un'alta mensola con il filo di ferro intorno ai polsi, e sembravo un San Sebastiano di Poundland.

Dopo diversi minuti di questo febbrile rimuginare nell'oscurità dell'armadio del custode, i miei piedi e le mie gambe erano liberi. Ma mentre lui tornava a lavorare sulle mie mani e sui miei polsi (ora completamente intorpiditi), si sentì un improvviso baccano dall'atrio attraverso la porta chiusa: "Stoyan! Dove cazzo sei?".

Il mio aspirante soccorritore si bloccò. Ha abbandonato il suo tentativo di liberarmi le mani. Iniziai a borbottare attraverso il bavaglio all'acquaragia, ma lui mi ha stretto una mano sorprendentemente forte sulla bocca. Poi la pressione sul mio bavaglio si allentò, la porta si aprì di nuovo (un esile cono di luce momentaneo) e lui era sparito.

Altre grida dall'atrio. Passi di corsa e suoni di inseguimento, poi niente. Quattro o cinque minuti dopo, giuro di aver sentito freni e pneumatici stridere da lontano - ma poteva essere un'allucinazione uditiva. Avevo preso una martellata e vedevo ancora letteralmente le stelle. La mia testa era diventata inaffidabile. Tutto sembrava doloroso. Ma cominciai a muovere le gambe come meglio potevo, cercando di ripristinare la circolazione. Anche per essere pronto a un ultimo disperato sforzo per difendermi se Spider fosse tornato.

Sia chiaro, non avevo scelta. Non è che il ragazzo avesse una natura migliore a cui potessi appellarmi. Lo aveva ampiamente dimostrato. Il sangue - il mio sangue, ricordate - che gocciolava costantemente sugli scaffali e sul pavimento dell'armadio del custode era un vivido promemoria. Non sono un eroe e avevo cantato come un canarino (che una volta era una similitudine sorprendente) sul ponte e su come sapevo dei loro piani anche prima che Spider cominciasse a tirarmi fuori le palle. Ma un uomo messo all'angolo, legato con un filo metallico in un armadio, ha ben poco da perdere.

Spider è tornato, certo che è tornato. Quel maniaco non poteva fermarsi.

È successo così. Mi ero appena ripreso da un altro stordimento, ancora sanguinante dalla bocca e dai polsi. (Avrebbe mai smesso?) Il pavimento era ormai certamente scivoloso. Mi sentivo troppo debole e senza forze per quello che dovevo fare.

Spider accese la luce e avanzò verso di me, ringhiando e imprecando. E questa volta con un piede di porco, ho notato per caso, che penzolava dalla sua mano sinistra. La sua destra era chiusa in un pugno e stava per colpire di nuovo la mia testa indifesa.

Ora, non avevo sprecato il tempo e l'opportunità offerti da quei piedi e stinchi slegati prima che quello chiamato Stoyan perdesse il coraggio, rinunciasse al suo tentativo di liberarmi, e uscisse a gambe levate dal mio tetro armadio dell'orrore.

Infatti ero riuscito molto dolorosamente a trascinare verso di me, nel buio, un pesante secchio di plastica a forma di vulcano. In questo avevo immerso il mio piede destro e la parte inferiore della gamba, come in un brutto stivale di un gigante preso da un racconto dei fratelli Grimm. Il mio piede era saldamente conficcato e incastrato lì dentro. Non importa le proteste dei miei stinchi, la mia vita dipendeva da questo.

Con un sorriso felino che ora animava il suo viso pallido e butterato, il suo pugno destro ancora armato, prendendo il suo tempo, Spider stava piantando i suoi piedi larghi e sistemandosi in una posizione da Kung fu, perfetto per darmi un pestaggio epico.

Urlai e mi lanciai verso l'alto con l'arma a secchiello saldamente attaccata al piede, appoggiandomi al pavimento come meglio potevo con la gamba sinistra per avere un'adeguata presa per far leva sul colpo. Fui benedetto dalla fortuna. Colpii uno Spider sbigottito proprio all'inguine.

Sentii il suo respiro riflesso mentre il dolore accecante lo colpiva.

Dovevo sfruttare questo breve, questo brevissimo momento di vantaggio o era tutto finito per me. Il dolore dei miei polsi che prendevano tutto il mio peso e si trascinavano sul ripiano era lancinante. Tutto questo avrebbe dovuto aspettare. Spider rimase rigido sotto shock e gli diedi un altro calcio, con la gamba sinistra questa volta, nello stesso punto; un perfetto calcio di rigore al suo inguine non protetto. Il piede di porco cadde con un tintinnio metallico sul pavimento di cemento accanto ad alcuni barattoli di candeggina.

Sibilò e cadde in ginocchio, poi si inclinò in avanti a quattro zampe, parallelamente al pavimento che era liscio del mio sangue. La sua testa e le sue spalle erano ai miei piedi. Gli dei mi sorridevano ancora.

Colpii la mascella di Spider con un maldestro calcio di striscio con il tallone del mio piede libero. Era un colpo debole e per poco non lo mancò, ma fu sufficiente. Mentre la sua faccia cadeva a terra, portai lo stivale di plastica goffamente ma solidamente sulla sua nuca. E ancora. Continuai così finché non smise di muoversi. Poi, farfugliando e piangendo di terrore, in un'ultima frenesia, lo feci ancora. (Aveva cercato di uccidermi, capite.)

Dopo c'è stato un momento in cui ho perso la cognizione delle cose nel mio maledetto armadio, ancora legato per i polsi in uno spazio chiuso con un maniaco omicida di cui non riuscivo più a sentire il respiro.

I miei stinchi e l'arco del mio piede destro protestavano con un dolore difficile da sopportare. Mi chiesi di nuovo se mi fossi rotto qualcosa lì, insieme alle costole e ai polsi trafitti dall'ago. Il fatto che continuassi a perdere i sensi mi aiutava. Tutto era surreale ora nel mio accogliente e caldo stanzino del dottor Caligari. Parlavo e ridacchiavo tra me e me a intervalli, lì in quell'armadio, l'ho notato. Riuscivo a sentirlo. Ma era così debole e frammentato, come il canto degli uccelli in un bosco oscuro al calar della notte, che solo un fucile da caccia avrebbe potuto sentirlo.

———

Quella notte morirono due persone. La prima fu il giovane di nome Stoyan che aveva cercato di liberarmi prima che il suo socio psicopatico tornasse per finirmi.

Quando Spider l'aveva sgridato era fuggito in strada e aveva continuato a correre nel panico e si era fatto investire da un'ambulanza. Quella era la sirena e i rumori della strada che credevo di aver sentito. La polizia arrivò poco dopo. Seppi molto più tardi che Stoyan, cosciente ma con non molto da vivere, balbettò qualcosa sul marciapiede o su una barella che li condusse a Sitwell Mansions. (Aveva un attacco di panico e/o una crisi di coscienza? Mi aveva aiutato perché sapeva della natura e delle intenzioni assassine di Spider?)

Se me lo chiedete, probabilmente ho salvato la vita di un poliziotto facendo l'azione che ho fatto contro Spider. Perché avrete già capito che il suo era l'altro cadavere. Combattendo per la mia vita in quel magazzino buio, il mio sfogo frenetico per autodifesa aveva messo Spider fuori combattimento, a quanto pare.

Il giudice e la giuria sono stati indulgenti quando i fatti sono stati esposti davanti a loro. Mi hanno dato quattro anni di detenzione. Ecco come sono arrivato a scrivere questo, il racconto che dà il titolo a Conversazioni sul Millennium Bridge, nella biblioteca di Ford Open Prison durante il mio ultimo periodo di pena. Mi sto chiedendo ora se potrò ottenere almeno la long-list del Man Booker.

PHOEBE

JACK D MCLEAN

LA GIOVANE DONNA girò gli occhi disperatamente per evitare i miei. Doveva sapere che la stavo guardando, ma non aveva idea del perché. Probabilmente pensava che mi piacesse. Non era così semplice.

Senza dubbio era il tipo di donna che qualsiasi uomo etero avrebbe trovato attraente, ma non era questo il motivo per cui ero interessato a lei. Era qualcosa che aveva a che fare con il modo in cui si comportava.

Ero così impressionato dalla postura e dai movimenti della donna che usai il mio cellulare per farle un breve video. Forse è stato questo che ha scatenato l'incidente. Non ero in alcun modo provocatorio; stavo cercando di cogliere l'essenza di ciò che la rendeva una donna. Ma sono stato frainteso. Sono stato spesso frainteso.

Dopo aver girato il video, ho iniziato a prendere appunti nel taccuino rilegato a spirale che mi porto dietro per usarlo in situazioni come questa. Ero così preso dal mio lavoro che non ho notato che il giovane robusto che era con lei si è staccato dal suo gruppo e si è avvicinato a me.

Ero in un tavolo laterale, da solo. È una mia abitudine prendere punti di osservazione solitari per poter osservare le donne nel loro habitat naturale mentre si occupano dei loro affari.

Non mi accorsi del giovane finché non sentii la sua mano sulla mia spalla e alzai lo sguardo. Avvicinò il viso al mio. Anche nell'oscurità del bar riuscivo a vedere che la sua pelle era ruvida e sgradevole.

"Ascolta, nonno", ringhiò. Era così vicino che sentii il calore del suo respiro puzzolente sulla mia faccia. "La mia amica è stufa marcia che tu le faccia il filo. Ti prenderei a pugni se tu non fossi un vecchio idiota inutile. Ora vaffanculo fuori di qui prima che io cambi idea e aggredisca un pensionato".

Aveva sbagliato tutto. Non stavo affatto facendo il pervertito. Stavo raccogliendo materiale.

Ho provato due emozioni in egual misura: paura e rabbia. Ero abbastanza arrabbiato da dargli uno schiaffo, ma la paura delle conseguenze mi tratteneva. Era tarchiato e sembrava sapere il fatto suo. Non prometteva bene. Anch'io sono tarchiato, ma solo intorno alla pancia. Il resto del mio corpo è magro. Le mie spalle sono strette e le mie braccia sono due deboli steli.

Infilando il mio taccuino e la penna nella tasca, mi alzai in fretta. Ero fin troppo consapevole che le mie gambe stavano tremando in modo incontrollabile. Sembrava che potessero cedere sotto il mio peso.

Ho 50 anni e non sono un nonno, mi considero virile. Ma era inutile spiegare tutto questo al giovane delinquente che stava per aggredirmi. Uscendo con tutta la dignità possibile, sentii il bagliore di più paia di occhi che mi fissavano la schiena.

È stato un po' uno shock emergere dall'oscurità del bar alla luce del sole del pomeriggio. Ho sbattuto le palpebre alcune volte prima che i miei occhi si abituassero alle nuove condizioni di luce. Era venerdì pomeriggio e il Northern Quarter di Manchester era animato. Vidi una donna che normalmente avrebbe suscitato il mio interesse, ma ero ancora sotto shock per quello che era successo al Black Dog Bar, così la ignorai. Piuttosto, andai dritto verso la mia macchina e guidai verso il mio studio.

———

Il mio studio si trova in una casa a schiera a Withington, una volta un villaggio attraente ma ora assorbito nella proliferazione urbana della Grande Manchester. Entrando, mi sono affrettato a salire in soffitta lontano da occhi indiscreti, ho scaricato il mio ultimo video sul pc e l'ho salvato in un file che avevo preparato molti mesi prima chiamato "Manchester Girls - Northern Quarter".

L'ho visto più e più volte, osservando attentamente il modo in cui la mia nuova stellina si muoveva con sicurezza sul pavimento lucido del Black Dog. Era una ricerca seria.

Poi mi sono spogliato e ho frugato nella cassettiera che tengo in soffitta, poi ho indossato un paio di mutandine da donna che nascondo lì. Avrei potuto farne a meno, naturalmente. Dopo tutto, la mia biancheria non si sarebbe vista e non c'era nessuno in giro a giudicarmi. Non mi sarei avventurato in pubblico. Ma avrei giudicato me stesso e avrei saputo che la creatura che stavo creando non sarebbe stata autentica se non avessi indossato le mutande. Ogni minimo dettaglio doveva essere perfetto, altrimenti non sarei stata soddisfatta.

Misi il corsetto. Fa un buon lavoro nel trattenere la mia pancia e conferisce ai miei fianchi l'accenno delle curve di una donna. Poi sono venuti i seni falsi e il reggiseno. E il vestito.

A quel punto mi guardai in uno dei tanti specchi a figura

intera che tengo in soffitta. Sembravo un uomo di mezza età vestito da donna.

Per completare la trasformazione che cercavo, indossai una parrucca e mi truccai accuratamente il viso. Poi mi guardai di nuovo allo specchio. Non ero bello, ma almeno ero diventata una donna, o qualcosa che assomigliava a una donna.

Ora potreste pensare che io sia gay o un travestito o un aspirante transessuale. Posso assicurarvi che non sono nessuna di queste cose. Sono un artista puro e semplice.

Beh, una volta ero puro e una volta ero semplice. Ma è stato molto tempo fa. Ho perso per sempre la mia purezza e la mia ingenuità. Mia moglie e il suo amante avevano fatto in modo che fosse così.

Camminavo con grazia avanti e indietro come la donna che ero diventata, imitando meglio che potevo il movimento della donna che avevo visto nel Black Dog. Di tanto in tanto, controllavo la mia figura in uno dei miei specchi per assicurarmi che fosse tutto a posto. E per la maggior parte lo ero. Era una performance compiuta. Ma non era abbastanza buona per me. La mia creazione non mi piaceva. Avevo sempre saputo che sarebbe stata inadeguata; lo è sempre stata.

Fu con tristezza che mi tolsi il vestito, gli indumenti intimi e il trucco, e ripresi la mia solita identità: Herbert Bottomley, Herb per gli amici, l'artista minore locale.

Artista minore. *Minore.* Quanto ho desiderato essere un Artista *Maggiore.* Uno dei Britpack. Un altro Damien Hirst, diciamo, o (forse più appropriatamente) un Tracey Emin.

Non che mi andasse così male. Mi guadagnavo da vivere con il mio lavoro, e anche bene, il che è più di quanto possa dire la maggior parte degli artisti moderni. Il mio problema era che era una vita basata su tipi di arte che non mi interessavano.

Avevo un flusso costante di clienti che volevano che facessi loro dei ritratti. Il resto del mio lavoro retribuito veniva dal restauro e simili. Ma bramavo di fare soldi con il mio lavoro originale. Era importante per me. Ma tutto quello che sembrava fare era rendere il posto disordinato. Non vendeva e non portava soldi.

Dopo aver ripulito fino all'ultimo residuo di trucco dalla mia faccia, sono sceso al piano di sotto e ho lavorato su una scultura mezza finita, portandola un passo più vicina al completamento. La mia concentrazione era tale che non ho notato il passare del tempo. Prima che me ne accorgessi il venerdì era diventato sabato ed era quasi l'una di notte, così ho chiuso il mio studio e sono andato a casa. Casa è un'altra casa a schiera a Withington che condivido con mia moglie Cleo.

Lattice, questa era la risposta.

Appena mi è venuta l'idea mi sono chiesto perché non ci avessi pensato prima.

In poche parole, potrei fare la mia donna ideale in lattice e indossarla come un vestito. Il mio viso cadente non sarebbe più il fattore limitante del mio aspetto, né i miei fianchi meno che abbondanti. Il lattice avrebbe potuto darmi la forma e i tratti del viso della donna dei miei sogni.

Non appena mi venne l'idea, mi misi a lavorare febbrilmente per raggiungere il mio obiettivo. Fortunatamente non ero estraneo al mezzo. Avevo una grande esperienza di lavoro con il lattice come studente d'arte e più recentemente su una commissione piuttosto esotica.

Ho fatto un busto della testa e delle spalle della donna ideale, facendo attenzione che fosse leggermente più grande del mio. Ho usato il busto per fare una colata con occhi di plastica. Seguì presto un corpo, poi braccia e gambe.

Ho lavorato notte e giorno al mio progetto. Non credo che Cleo abbia sentito la mia mancanza durante questo periodo. Senza dubbio era troppo occupata a scopare con Max, o a pensare di scoparlo, quando non lo stava effettivamente scopando.

Il giorno eccitante arrivò quando tutto era pronto. Spogliandomi nudo mi preparai con grandi quantità di talco.

Prendendo il corpo che era qualcosa di simile ad un body, mi ci misi dentro, facendolo salire fino al collo. I seni erano spettacolari anche se un po' immobili.

Poi versai del talco nelle gambe di lattice e le tirai con attenzione sulle mie gambe. Trasformarono immediatamente i miei esemplari bitorzoluti in perni che avrebbero reso giustizia a una modella di lingerie. Le maniche di lattice fecero un servizio simile per le mie braccia.

Finalmente arrivò il capolavoro coronato. La testa. L'ho abbassata sulla mia e ho stretto i lacci sul retro. Una fluente parrucca di capelli neri la completava.

Quando mi guardai intorno nell'attico, la visibilità che avevo attraverso gli occhi astutamente progettati era sorprendentemente buona. Quando vidi il mio riflesso mi stupii. Avevo finalmente creato una donna. La donna più bella che avessi mai visto.

Girando di qua e di là mi ammiravo – *ammiravo lei* - nello specchio. Mio Dio, era bellissima. Mio Dio, *ero* bellissima.

Studiando i miei zigomi alti, le mie labbra piene, i miei seni, i miei peli pubici e le mie lunghe gambe, arrivai alla conclusione che era tutto perfetto.

Mi avvicinai allo specchio. Solo quando ero molto vicino, il mio viso assumeva un aspetto un po' da bambola. Semmai era un miglioramento rispetto alla vita reale. Dopotutto è un complimento riferirsi a una donna come a una bambola vivente.

La vista della mia nudità cominciò a eccitarmi e imbarazzarmi in egual misura. Il mio viso arrossì sotto il lattice che lo copriva. Presto mi resi conto del perché. Non ero io ad essere imbarazzato. Era la mia creazione. Non le piaceva essere fissata mentre era nuda. Nell'interesse del pudore, io, cioè lei, indossai un costume da bagno - un succinto due pezzi giallo - e, adeguatamente vestita, mi permise di ammirarla. Fu amore a prima vista.

Ho deciso lì per lì di chiamarla Phoebe. La splendente.

Quando avevo concepito Phoebe per la prima volta, avevo pensato solo al suo aspetto e ai suoi movimenti. Non avevo dato alcuna considerazione alla sua mente. Doveva essere poco più di una marionetta.

Mi ha colto di sorpresa il fatto che sviluppasse pensieri propri. Ma è esattamente quello che ha fatto.

———

In un certo senso Phoebe era come mia madre che era una donna dispettosa e vendicativa; e infida e sleale.

Non c'è da meravigliarsi che mio padre si sia suicidato.

Nonostante i suoi difetti caratteriali, mia madre era molto bella e sapeva essere affascinante, almeno in gioventù.

Phoebe era diversa da mia madre nel suo trattamento nei miei confronti. Non mi sarebbe mai stata sleale e se avesse mostrato qualche accenno alla vendetta di mia madre, sarebbero stati gli altri a sentirne il pungiglione, non il suo creatore.

Quando raccontai a Phoebe dell'incidente al Black Dog, lei si infuriò. Mi disse di scoprire dove viveva il malfattore che mi aveva minacciato.

Passai tutto il mio tempo libero nelle due settimane successive a gironzolare fuori dal Black Dog. Alla fine fui ricompensato dalla vista del giovane che mi aveva minacciato mentre lasciava il locale in uno stato avanzato di ebbrezza. Andò alla stazione dei taxi a Piccadilly, salì su un taxi nero e partì per la sua destinazione. Salendo nel taxi subito dietro di lui usai le parole immortali:

"Segua quella macchina".

Abbiamo girato e rigirato sull'autostrada e sulle strade secondarie finché alla fine il suo taxi si è fermato davanti a una casa su Claremont Road a Moss-Side. Ho detto al mio autista di andare dritto e ho preso nota del numero civico.

Mentre il giovane delinquente armeggiava con le sue chiavi, io mi riposizionai sul sedile, godendomi la prospettiva di dire a Phoebe che avevo rintracciato il mio tormentatore nel suo covo.

———

Non ha perso tempo per rimediare al torto che mi era stato fatto.

Dopo essersi armata con un coltello da cucina, ha guidato la mia macchina fino a Moss-Side e ha parcheggiato dietro l'angolo di Claremont Road. Scese dalla macchina e camminò alacremente verso la casa del teppistello. Lungo la strada incrociai una o due persone per strada che portavano a spasso i loro cani e attirai molti sguardi, tutti ammirati, senza dubbio. La sua strana bellezza era sufficiente per far girare la testa a chiunque.

Bussai forte alla porta.

L'aprì il teppistello.

I suoi lineamenti arrossati e butterati e il suo alito

ripugnante erano repellenti per Phoebe tanto quanto lo erano stati per me.

Prese rapidamente il coltello da cucina dalla sua borsetta e spinse la punta affilata contro il suo grasso ventre che si tendeva contro il tessuto della sua maglietta bianca.

Fece un passo indietro con orrore. Io sapevo il perché.

Il viso di Phoebe era bello, da bambola, e completamente senza pietà.

Phoebe entrò nel tetro corridoio di casa sua chiudendosi la porta alle spalle.

Poi, in un istante, affondò il coltello nel suo disgustoso ventre grasso. Quando fu in profondità, tirò la lama lateralmente facendo fuoriuscire le sue grasse budella. Atterrarono con uno schizzo rumoroso sul pavimento piastrellato.

Lui si lasciò cadere in posizione seduta e guardò verso di lei.

"Perché?", disse lui.

La risposta di Phoebe fubreve e precisa: gli tagliò la gola.

Poi se ne andò velocemente come era arrivata, il giovane delinquente ora non era altro che un orribile pasticcio su un pavimento piastrellato che qualche persona sfortunata avrebbe avuto il poco invidiabile compito di pulire.

Mentre Phoebe saliva in macchina, passò una donna con suo figlio piccolo. Lanciò un'occhiata nella direzione di Phoebe una volta e poi diede a Phoebe un secondo sguardo furtivo. Senza dubbio perché una bellezza esotica come Phoebe era una vista inaspettata a Moss Side. La donna doveva avere fretta di andare da qualche parte, perché afferrò la mano di suo figlio e si mise a correre, trascinandolo con sé finché non furono entrambi fuori dalla visuale.

Quando Phoebe è tornata a casa mi ha raccontato tutto delle sue imprese.

A essere sincero, pensavo che si era spinta un po' troppo oltre. Tuttavia, potevo perdonarle qualsiasi eccesso, visto che ero ormai innamorato pazzo di lei.

Per me era la donna ideale.

Questo fa sorgere la domanda su quale sia la donna ideale. Prima non ci avevo mai pensato molto. Ma Phoebe mi ha fatto riflettere sulla questione.

La donna ideale è quella bella e che farà di tutto per proteggere il suo uomo.

Mi ha chiesto una lista dei miei nemici. Ne sto preparando una proprio ora.

Max è in cima alla lista.

Cleo è appena sotto di lui.

E ce ne sono parecchi altri sotto Cleo.

Quando sei un artista ti fai dei nemici, temo. Fa parte del gioco.

Fine

Caro lettore,

Speriamo che leggere *Uno Sporco Noir* ti sia piaciuto. Per favore, prenditi un attimo per lasciare una recensione, anche breve. La tua opinione è molto importante.

Saluti

Martin Mulligan, Jack D McLean e il team Next Chapter

BIOGRAFIA DELL'AUTORE

Il misterioso Jack D McLean viene dalla città di Huddersfield, nel West Yorkshire, in Inghilterra. È un uomo con un passato in bianco e nero: ha lavorato in un obitorio, è stato un manovale e un venditore. Ha scavato buche... *professionalmente* (a che scopo, si rifiuta di dirlo - vendite? cadaveri? forse entrambi?), ancora più terrificante - è un ex avvocato. Gli piacciono le feste e si tiene in forma (il tipo di forma che ti fa pensare che potrebbe fare a pugni con Vinnie Jones su base semi-regolare, o forse bere birra scura con entrambe le mani mentre gioca anche una perfetta partita a freccette). È presumibilmente sposato con due figlie adulte. Non sono ancora state localizzate per un commento.

Martin Mulligan è uno scrittore che vive a Oxford. Ha frequentato l'Università di Lancaster. Ha scritto principalmente per il Financial Times, notizie e servizi. Ha trascorso un anno a Pechino a insegnare giornalismo all'Università di Xinhua e ha viaggiato molto in Europa orientale, Africa e sud-est asiatico. È un appassionato nuotatore in acque libere.

Uno Sporco Noir
ISBN: 978-4-82414-922-0

Pubblicato da
Next Chapter
2-5-6 SANNO
SANNO BRIDGE
143-0023 Ota-Ku, Tokyo
+818035793528

2 settembre 2022